Marc Dugain

Heureux comme Dieu en France

Gallimard

Marc Dugain est né au Sénégal en 1957. Après ses études (sciences politiques et finance), il exerce différentes fonctions dans la finance et l'aviation puis se consacre à l'écriture.

La chambre des officiers, son premier roman paru en 1998, a reçu dix-huit prix littéraires, dont le prix des Libraires, le prix Nimier et le prix des Deux-Magots. Il a été traduit entre autres en Allemagne, en Grande-Bretagne et aux États-Unis. Adapté au cinéma par François Dupeyron, ce film a représenté la France au Festival de Cannes et a reçu deux césars. Après *Campagne anglaise, Heureux comme Dieu en France* est son troisième roman. Il a reçu le prix du Meilleur Roman français 2002 en Chine.

à Pierre

Mon grand-père Jules, comme tous ces vieux que trois guerres n'avaient pas empêchés de vivre près d'un siècle, avait le sens de la formule. Je le vois encore, dans les années trente, dans sa petite ferme sous Vézelay, l'œil vif et rond, la moustache en brosse tombant sur ses lèvres comme un chaume sur l'arête d'un toit, roussie à l'endroit où s'appuyaient des cigarettes mi-fumées mi-mâchées qui se succédaient sans répit. Un jour, l'ancien qui était avare de mots avait lâché de retour de la veillée funèbre d'un jeune de la commune emporté par la tuberculose : « Il n'y a pas d'orgueil sur le visage d'un mort. » Le lendemain, au retour de l'enterrement, il avait lancé dans la communauté assemblée : « À quoi ça sert de mourir, si les vivants restent aussi cons. »

Ces deux phrases me sont revenues alors que la

mort me guette en faisant semblant de m'ignorer. Je ne suis pas dupe et n'ai pas plus de crainte qu'à l'approche d'une grosse sieste coloniale. Si la mort était si terrible que ça, depuis le temps, un paquet de gens en seraient revenus pour se plaindre. Surtout en France, le pays qui a inventé le bureau des réclamations.

Depuis plusieurs mois, la lecture me pesait. Parce qu'elle me rappelait tout ce que j'aurai dû écrire sur cette période de triste mémoire sur laquelle on a tout dit, parfois tardivement, que j'ai traversée sans bruit comme ces souris qui longent les murs, l'obscurité venue. Alors je m'y suis attelé.

Mes parents habitaient une petite maison en meulière. Une de ces maisons des années trente qui ne ressemblent pas à grand-chose. Il faut dire que depuis la guerre de 14 où on avait montré ce que détruire voulait dire, les constructions nouvelles semblaient s'excuser de déranger l'air du temps. Les pavillons de banlieue, orgueil de leur propriétaire, injure au bon goût, proliféraient uniformément. C'était une bâtisse mal foutue, aux pièces étroites et hautes, où les courants d'air se livraient bataille comme dans le conduit d'une cheminée. Devant la maison, de l'autre côté d'une rue large et rectiligne, le champ de courses de Champigny créait une animation qui me fascinait. Derrière, la cuisine donnait sur un jardinet ouvrier déguisé en petit-bourgeois qui s'en venait finir après quelques foulées sur un chemin se faufilant au milieu d'autres petits jardins jusqu'aux bords de Marne.

Mon père m'interdisait d'aller au champ de courses. C'était tout ce qu'il détestait. Pour lui, c'était un lieu où de gros riches répugnants côtoyaient un petit peuple désarmé qui cherchait son salut dans le jeu d'argent en pariant sur un animal stupide et dangereux. Je respectais beaucoup mon père. C'était un homme de principe. Un glorieux survivant de 14. Un communiste monolithique, qui passait sa vie à voyager parce qu'il était représentant en vins. Ce qui lui donnait des allures de bourgeois parce qu'il ne fréquentait que des grandes maisons de vins et spiritueux et des restaurateurs qui ne donnaient pas dans la défense de la classe ouvrière. Ma mère travaillait aux chemins de fer. Un travail d'employée. C'était une Alsacienne, très bien organisée, toujours souriante, qui ne contrariait jamais mon père.

Je me souviens de moi, au sortir de l'adolescence, comme d'un jeune homme passe muraille. Un physique prometteur, qui n'avait jamais tenu ses promesses, m'avait collé une haute taille pour l'époque, un regard vif dans un corps mou, où des épaules tombantes malgré des heures d'aviron sur la Marne m'avaient valu le surnom de Saint-Galmier, comme la bouteille du même nom. Et créé une aversion définitive pour toute forme d'activité sportive. Mon caractère résultait du parti pris de ne pas en avoir. Il n'y avait aucune place pour les convictions dans le petit monde fortifié qui était le mien. Qui se distribuait entre mes cours dans une école de commerce, mes tentatives d'incursion malheureuses et obsessionnelles dans l'univers féminin, et les mercredis après-midi au champ de courses où je bravais la réprobation familiale parce que justement j'aimais bien le mélange de riches en chapeau claque et d'ouvriers en béret qui trouvaient dans le rouge limé le réconfort des paris perdus. Je laissais sans partage à mon père les glorieux élans du cœur pour les grandes causes universelles. Après réflexion, et comme je n'étais pas homme à me mentir, je savais que je n'avais pas beaucoup d'appétit pour le bien des autres. Je n'aimais que le plaisir et je n'étais prêt à me battre que pour un grand mouvement de la sensualité individuelle. J'étais très attaché à ma famille. À mes parents bien sûr qui avaient eu la gentillesse de me laisser sans frères ni sœurs. À mon oncle et ma tante, qui vivaient à deux rues avec leur fille unique, ma cousine adorée. J'aimais ces dimanches où nous nous retrouvions tous les six.

J'avais, pour mon oncle, une admiration sans bornes. Défiguré par un obus en 14, il était la classe à l'état pur avec son costume rayé et croisé sur le devant, sa canne et son chapeau. Ses difficultés de déglutition n'avaient pas altéré son appétit. Ni sa bonne humeur. Le Front populaire n'était pas parvenu à semer la discorde dans la famille. Mon oncle avait été Croix-de-Feu. À petit feu. Mon oncle souriait du bolchevisme de mon père. Mon père respectait le grand ancien combattant réactionnaire, parce qu'il le savait au fond, plus généreux que bien des communistes. Ils s'engueulaient quand même, des dimanches après-midi entiers. Qui s'achevaient sur un dîner où l'on réchauffait les restes du déjeuner. De toute façon, un fond de connivence réunissait les deux hommes sur le fait que le bourgogne était moins lourd que le bordeaux et sans conteste plus goûteux. Je ne me souviens que d'un accrochage violent, qui nous avait vraiment inquiétés, ma cousine et moi, parce qu'il aurait pu conduire à une brouille durable dans le clan. C'est lorsque les Soviets et les Boches ont signé le pacte germano-soviétique. Mon oncle avait reproché à mon père de se ranger du côté des traîtres.

À la déclaration de guerre, mon père se trouvait en Russie. Pour un voyage de l'association France-

URSS. On est resté sans nouvelles de lui pendant plusieurs semaines. Pour revenir, ils ont dû contourner toute l'Europe centrale, en passant par le Nord, jusqu'à la Norvège. Mon oncle nous prit sous sa coupe, ma mère et moi. Lorsque mon père est rentré, il s'est fait tout petit. Le gouvernement avait commencé la chasse aux rouges accusés de connivence avec l'ennemi. Ma mère, qui n'intervenait jamais dans le débat politique, a demandé à mon père de se faire un peu oublier. Alors on a fait comme tous les Français qui n'étaient pas mobilisés. On a attendu, loin derrière, à l'abri de la ligne Maginot, expression du génie français, dressée contre la force pataude des Allemands.

Quand les Boches ont dribblé la ligne en passant par la Belgique dans un vacarme de blindés qui résonnait jusqu'à Paris, le moral n'y était plus. On commençait à prendre la piquette. Après Dunkerque, mon père et mon oncle croyaient que le miracle de la première bataille de la Marne allait se reproduire. Il n'y eut aucune bataille. Je revois toutes ces voitures, camionnettes, chargées à s'en retourner, quittant Paris pour le Sud. Le regard des enfants entassés, le nez collé aux vitres. La France était vaincue. Ce n'était pas la première fois de son histoire, mais la première de la mienne. Mon père et mon oncle se sont enfermés dans le petit bureau, à l'étage de notre maison. Ils sont ressortis au bout d'une demi-heure de ce conclave improvisé. Graves tous les deux. Tristes. Pas tant d'avoir perdu la guerre, que d'avoir fait la première pour rien. La décision était de ne pas partir. Aucune raison de reculer devant l'ennemi. Mon oncle et ma tante n'avaient pas d'automobile. Celle de mon père n'était pas en état de sortir du département. Alors on a regardé les Allemands s'installer. En essayant de ne penser à rien. Et de se concentrer sur l'essentiel. Les réserves de nourritures et de vin.

L'extrême courtoisie que manifestaient les Allemands à l'égard des quelques Parisiens du centre et de la banlieue qui n'avaient pas choisi l'exode excédait mon oncle. Il ne pouvait pas croiser un de ces Germains qui essayaient de se faire aussi propres à l'intérieur qu'ils l'étaient sur leur uniforme, sans récolter un signe de considération parce qu'ils le voyaient, au travers de ses impressionnantes blessures, comme un ennemi respectable. Dans mon école de commerce, des idées de résistance commençaient à germer. C'était le moment ou jamais d'épater les filles par des actes de bravoure inconsidérés dont personne ne connaissait encore la sanction. J'étais pris entre mon désir de me pousser du col auprès des petites qui nous entouraient et mon aversion pour l'acte puéril qui s'apparentait, dans son efficacité, à dresser un pic-cul sur la chaise d'un prof de maths irascible. Nous étions entrés dans l'ère de l'amateurisme chevaleresque. La chanson de geste contre le Teuton métallique.

Un jour du mois de septembre 40, deux de mes camarades de promo s'étaient mis en tête d'établir un record de crevaison de pneus de véhicules allemands en tout genre. Je fus convié à l'équipée qui prévoyait un assortiment de spectatrices pulpeuses. J'ai d'abord refusé. Au nom de mon aversion pour l'amateurisme. Mes deux copains ont réagi en me traitant de trouille-cul. Pour leur montrer que je n'avais pas peur, j'ai accepté d'accompagner l'expédition, en les prévenant que je ne participerais pas aux sabotages. Parce qu'ils ne servaient à rien. Je suis donc resté auprès des filles pendant que mes copains enfonçaient leurs lames de couteaux dans les chambres à air de tous les engins gris-vert qui traînaient sans surveillance autour de la gare de Lyon. Le commando s'est ensuite dispersé. Les trois filles sont rentrées avec les deux creveurs de

pneus, et je suis reparti seul, à vélo, dans [...]
pluvieuse et grasse. Le lundi qui a suivi cette folle
virée, mes deux copains ne sont pas reparus à
l'école. Ils avaient été arrêtés peu après avoir raccompagné les filles qui ne semblaient pas pressées
de conclure malgré l'ivresse de l'adrénaline. À la
Bastille. Ils n'avaient pas su résister à la tentation
de se faire un dernier pneu. L'officier à qui le véhi-
cule était affecté se serait approché d'eux pendant
que deux soldats les tenaient en joue. Il leur aurait
fait un long sermon sur l'antinomie qu'il percevait
entre leur jeune âge et cet acte de terrorisme stérile
et inconsidéré qui sans nuire vraiment à l'autorité allemande pouvait leur causer un préjudice
qu'ils n'étaient pas à même d'apprécier. Mes deux
copains ont dû louer le ciel d'être tombés sur un
officier qui s'écoutait parler français. Ils ont dû se
sentir soulagés de ce qui, après tout, ne devait être
qu'un sermon. Ils n'ont même pas prêté attention
aux deux derniers mots de conclusion de l'officier,
en allemand, à l'adresse des deux soldats qui ont
ensuite appuyé sur la détente sans le moindre
changement d'expression sur le visage.

Notre école avait ses deux premiers héros. Les
trois filles ne m'ont plus jamais adressé la parole
comme si j'étais coupable de ne pas m'être fait
fusiller avec mes copains.

À l'annonce de cette nouvelle, mon père et mon oncle ont réagi de la même façon : « Quand on est couillon, on meurt en couillon. » J'ai évidemment occulté ma présence à cette soirée dramatique.

La prise du pouvoir par le vieux Maréchal, en avait rassuré plus d'un. Son grand-paternalisme se diffusait comme une musique d'ambiance dans un claque de Pigalle. Au début, et mon oncle était de ceux-là, on se disait que le vieux héros de Verdun jouait forcément double jeu. Qu'il amadouait les Allemands pour travailler à la libération du pays dans la tranquillité. Mais l'ancêtre collaborait pour de bon. Avec lui, toute la police, toute la justice, et bientôt toute la France qui se découvrait un léga-lisme gérontocratique. Mon père ne disait plus rien depuis son retour d'URSS. Il se contentait de ronchonner comme un sanglier qui s'est coincé le groin dans une taupinière.

Je n'aurais jamais pu imaginer que notre famille pût être touchée par les lois contre les juifs. Parce qu'il n'avait jamais été question de juif dans notre famille. Nous n'étions ni juifs ni antisémites. Je ne dis pas qu'on ne considérait pas ces gens-là comme différents de nous, qu'on ne riait pas de temps en temps d'une petite blague sur nos compatriotes élus de Dieu. Mais les principes de mon père allaient contre les distinctions fondées sur la race, même si au fond de lui-même, certaines races lui paraissaient plus débrouillardes que d'autres. Ce qui était le cas des juifs d'après lui. Mon oncle avait gardé de la guerre de 14 un ami juif et je ne lui avais jamais entendu un mot acerbe les concernant. Ma tante, c'était différent, elle ne pouvait pas s'empêcher de se lancer, à l'occasion, sur le thème des juifs qui ne devaient pas s'étonner de se faire exclure, à force de vivre sur eux-mêmes et pour eux-mêmes sans la moindre considération pour les autres. C'est pour ça que j'ai été d'autant plus surpris d'apprendre que notre problème juif venait d'elle. J'appris par ma mère, qui me fit jurer de ne le répéter à personne, même sous la torture, que ma tante avait perdu son père vers l'âge de dix ans. C'était un homme âgé, il approchait les soixante ans lors de son décès accidentel. Ma tante n'avait aucun souvenir de son père. À la mort de celui-ci, sa mère s'était mise en ménage avec un dénommé Biraud qui était son amant depuis plusieurs années. Sa mère laissait entendre que c'était lui le vrai père. Mais à l'époque, défaire était toujours plus compliqué que le contraire. Alors les choses sont restées en l'état. Quelle importance après tout ? Surtout que Biraud, malgré l'incertitude, se comportait avec une grande générosité à l'égard de la petite fille. C'était une histoire qui finissait bien. Jusqu'au jour où les lois contre les juifs sont entrées en vigueur et qu'il a fallu exhiber ses quartiers de non-judaïsme comme le faisaient les nobles incertains de leurs quartiers de noblesse pour prétendre à une charge sous l'Ancien Régime. Pour échapper à l'étoile jaune, il en fallait moins de deux. Mais à l'état civil ma tante était la fille d'Abraham Lubianek, né à Varsovie, lui-même fils de Moshé Lubianek et de Sarah Bernstein. Ma tante a décidé de ne rien faire. D'attendre sans se faire remarquer, en espérant que son catholique ancien combattant de mari lui ferait paravent jusqu'à ce que les Allemands et les Français retrouvent la raison. Le paravent a fonctionné. Par hasard et par chance aucun fonctionnaire ne s'est intéressé à ma tante. Mais la raison, elle, n'est jamais revenue. Ma tante affichait ainsi un léger antisémitisme. Une façon de s'inoculer à petite dose un virus pour s'en faire un vaccin.

Mon oncle avait eu la tentation du Maréchal. Puis il avait entendu l'appel d'un certain général le 18 juin 1940 comme d'autres Français, beaucoup moins qu'on ne l'a dit. Mon père ne faisait aucune confiance à cet ancien secrétaire d'État sorti d'on ne sait où, qui avait fui la France pour l'Angleterre, un autre ennemi héréditaire. Puis vint quelques jours plus tard l'appel à la résistance de Duclos et de Thorez. Qui fit du bien à mon père. Parce que le pacte germano-soviétique lui pesait sans qu'il l'avoue.

Paris est restée déserte pendant des semaines. Jusqu'à ce que les Allemands menacent les déserteurs. Alors on a vu revenir les mêmes gens, les mêmes charrettes, les mêmes yeux hagards de ces foules au nom desquelles une poignée d'hommes s'acharnent à parler. Comme s'ils savaient. Les voitures n'avaient pas survécu au voyage du départ, le combustible manquait. Tous ces gens qui tiraient de trop grosses valises avaient le même regard. Celui de l'écolier redoublant, le jour de la rentrée des classes, qui retrouve les mêmes profs qui l'ont martyrisé l'année précédente. Celui du chien qui retrouve sa niche après s'être pris une volée du maître qui l'a surpris dans la rue en train de courir la gueuse.

Le monde ne va jamais. La plupart du temps il fait semblant. Et tout le monde s'en accommode. Plus ou moins bien. Avoir vingt ans ou presque quand le monde montre son vrai visage, c'est une ivresse inoubliable. Comme un volcan. On a beau savoir que la lave est en permanence en ébullition sous nos pieds, on reste fasciné par le spectacle de son imprévisible éruption. Même s'il n'en résulte que désolation, souffrance et misère.

Parmi tous ces gens qui sont rentrés, beaucoup se sont murés dans le silence. Certains par peur, d'autres parce qu'ils cherchaient leurs mots. Je n'ai su que bien des années plus tard à quel point ces derniers avaient été peu nombreux. Ceux qui parlaient, c'est que leur ventre les y obligeait. À l'exception de quelques fanfarons, nuages résiduels dans un ciel de traîne.

C'est ainsi que la France s'est remise en route dans la position bien connue des barreurs de bateaux à moteur : avant petit.

L'hiver 40 s'est installé sans plus de commisération qu'à l'habitude. La guerre n'est pas une raison suffisante pour adoucir le climat. Les Français ont retrouvé les règles d'un jeu qui revient à la mode tous les quatre-vingts ans, qu'on habille des atours à portée de main mais qui garde le même visage. Difficile d'admettre qu'on a la guerre civile dans ses gènes. D'un autre côté il faut bien trouver un responsable à son malheur. Unanime préférence pour l'apatride. Le juif est à portée de main. On lui colle une étoile jaune. Moins discrète que le tatouage sanitaire de la vache limousine dans l'oreille. Depuis le temps qu'on cherchait le coupable de la crise de 32 et du Front populaire, toutes ces catastrophes qui nous avaient mis dans cet état d'impréparation et conduit dans le mur de la défaite. Alors on commence à les voir, ces pauvres gens, déambuler comme ceux à qui on bande les yeux à colin-maillard. On les pousse dans l'hilarité générale. Ils se heurtent, se cognent à tout ce qui les entoure. Quand on leur ôtera le foulard, leurs yeux retrouveront la lumière du Vel d'Hiv pour la perdre de nouveau dans les trains de la mort. Quand il s'agit de semer la mort, le Français c'est l'artisan. Mais pour la circonstance, il s'est trouvé un associé de poids, un industriel du génocide. Quand on pense qu'il n'y a pas vingt-cinq ans de ça, on se visait d'une tranchée à l'autre. Quel gâchis! On était si bien faits pour s'entendre. On n'a plus d'armée. Heureusement il reste la police. Qui retrouve sa superbe. Perdue du temps où Arsène Lupin ridiculisait le commissaire Ganimard. C'est fini. Un sans-faute. Même les enfants restent accrochés dans les mailles du filet.

Je dis ça maintenant. Je n'en avais pas une telle conscience à l'époque. Même si une pointe de dégoût m'enrobait le palais, je n'étais plus assez adolescent pour être désespéré, pas assez adulte pour le redevenir. Trop de comptes à régler avec mes sens pour me laisser envahir par des idées sombres.

L'apocalypse annoncée ne s'étant pas produite, le quotidien qui retenait son souffle s'est remis à respirer. Comme toutes ces futilités qui faisaient oublier qu'il était de plus en plus difficile de se procurer à manger. Le champ de courses a fait sa réouverture. Le plateau n'était plus celui d'avant l'Occupation. Les grands propriétaires juifs s'étaient éclipsés. Certainement de peur qu'on ne leur demande de coller une étoile jaune sur le dossard de leurs chevaux. Pour le bonheur des propriétaires français de souche qui entrevoyaient un avenir radieux pour leurs toquards. Les courses avaient pris une nouvelle dimension pour moi. La fille des Chaffoin, charcutiers renommés de notre petit coin du val de Marne, tenait la buvette de la grande tribune, tous les samedis et dimanches après-midi. Une grande belle fille rose et clignotante pour une buvette triste. L'alcool se faisait rare. Je traînais au comptoir des heures entières. J'alimentais une conversation hachée par son service où j'essayais de lui donner une fausse image de moi : celle d'un garçon délicat et cultivé. Que j'ai intégré une grande école de commerce, l'interpellait. Même si quand je la regardais, je ne pouvais pas m'empêcher de penser à sa mère, une ribaude double gras qui suintait la cupidité, je n'avais jusqu'ici jamais rien vu d'aussi désirable, autant de générosité et de délicatesse à remplir des vêtements. Je ne l'attirais pas. Je le voyais au regard distrait qui s'échouait sur moi lorsque j'essayai de relancer la discussion. Je l'intéressais un peu. Suffisamment pour qu'un soir, elle me laisse lui prendre la main alors que nous longions le champ de courses pour rentrer. Je m'attendais à de longues marches de cette sorte avant de pouvoir oser l'embrasser. Un long flirt romantique dans une banlieue occupée. Pas du tout. Ginette, parce qu'elle s'appelait Ginette même si elle ne le méritait pas, me conduisit dès le premier soir, dans une remise qui appartenait à ses parents et dont elle avait la clé. Elle m'a fait promettre de ne jamais parler de cet endroit. J'ai juré. J'aurais juré n'importe quoi. C'était un garage lourdement cadenassé, gardé par un chien, un molosse baveux qui avait le regard aussi expressif qu'un soldat de la Wehrmacht. Je n'ai pas été long à comprendre l'utilité du planton. Le père charcutier avait joué la pénurie. Depuis 39 certainement. En entassant de la cochonaille sous toutes ses formes. Un souvenir impérissable. Ginette, allongée sur le dos sur un amas de sacs de toile, les cuisses dénudées. Ma madeleine de Proust avec un parfum de couenne de porc fumé. J'ai dû promettre une seconde fois. De me retirer avant l'orage. J'ai tenu parole. Elle n'a pas voulu que je l'embrasse comme si c'était plus compromettant que le reste. Ginette s'est ajustée, m'a claqué un baiser sur la joue et congédié pour toujours. Je n'étais pas le premier. Certainement pas le dernier. Elle reste la première. Elle m'avait montré sa considération après tout. Pas par le don de son corps. En me faisant confiance au sujet de la cache de son père. Il m'est alors revenu une conversation que j'avais eue avec un vieux parieur, un passionné de chevaux qui disait qu'un étalon qui a sailli pour la première fois n'est plus jamais le même qu'avant. Parce que avant, il croit savoir. Alors qu'après il sait pour de bon.

Je ne sais pas pourquoi, j'ai repensé à cet instant précis à cette bribe de conversation. Elle m'a mis le sourire aux lèvres sur le chemin de la maison. Restait la question de savoir ce qu'on allait manger. Rutabagas ou topinambours. J'ai été tenté par la suite, à bien des reprises, lorsque la faim devenait obsessionnelle, d'occire le chien et de forcer le cadenas. J'avais toutes les raisons de conforter ma bonne conscience pour rendre légitime cet acte déloyal. Les parents de Ginette étaient des affameurs notoires. Sa mère déployait toutes ses dents chaque fois qu'elle croisait un Allemand. Mais j'avais donné ma parole. Je ne m'en suis jamais délié. Une petite fierté dans un monde de lézardes.

Les semaines passaient. La liberté s'en était allée pour de bon. S'ensuivit une longue période de deuil. Chacun à sa manière. La plupart trompaient déjà la défunte, affairés à survivre. Les autres semblaient prostrés. Ma mère poursuivait son train-train aux chemins de fer. Mon père ne représentait plus grand monde, le vin devenait trop cher. Mon oncle, ma tante et ma cousine avaient quitté Paris pour la Bretagne. Pour y louer à l'année une maison qu'ils rejoignaient d'ordinaire aux vacances. Parce qu'on mangeait mieux à la campagne pour peu qu'on ait un pré clos pour faire courir quelques poules. Les dimanches étaient encore plus sombres sans eux, sans les rires de ma petite cousine, qui s'amusait de la disette comme d'un nouveau jeu.

J'ai perçu que quelque chose avait changé en

profondeur, le jour où j'ai réalisé que mon père ne ronchonnait plus. Chez mon père, se plaindre était une seconde nature, comme chez beaucoup de communistes. Cette soudaine acceptation de l'existence cachait quelque chose. Il disparaissait des heures entières sans rien dire. Ma mère ne lui demandait aucun compte. Quand je la questionnais, elle se retranchait derrière un silence complice. Parfois mon père partait à la tombée de la nuit et ne revenait que le lendemain matin, les traits accusés par la barbe naissante. J'admirais mon père. Je respectais ce qu'il était, ce qu'il disait. Même si, les années passant, la rigidité de ses convictions le rendait de plus en plus âpre à mes yeux, presque desséché par sa représentation des rapports humains, qui ne laissait aucune place au doute. Parce qu'il ne doutait jamais, il ne laissait aucune part à la divagation des mots, à l'indolence, au scepticisme, attitudes pour lesquelles j'avais de l'inclination. C'est une telle tentation que de ne rien faire tant qu'on ne connaît pas la vérité définitive. C'est pour toutes ces raisons que je n'ai pas été étonné d'être solennellement convoqué par mon père dans son petit bureau de l'étage, un soir de septembre 1941.

C'était la veille de mon anniversaire. Le lendemain je devais fêter mes vingt ans avec une bande de copains et quelques filles pas trop sentimentales. L'organisation de la fête butait sur une intendance handicapée par le couvre-feu, la pénurie d'alcool et de nourriture, l'exiguïté de notre pavillon. Pour une fois que j'allais être le centre de quelque chose, tout concourait à me contrarier. Devant mon embarras à organiser cette petite fête, un camarade d'école, un dénommé Collot, m'a invité à fusionner la célébration de mon anniversaire avec une soirée organisée par sa sœur aînée, pour je ne savais quelle occasion. Je n'avais pas le choix, j'ai accepté. Je savais que Collot faisait ça pour m'épater. Son père était un gros capitaliste. Un roi de la visserie. Ils étaient cinq enfants, tellement lisses qu'ils semblaient sortis d'un autoclave qui avait détruit toutes leurs aspérités par la chaleur. La famille possédait un vaste appartement à Paris, sur le boulevard Raspail, près de l'angle avec le boulevard Montparnasse. Collot, pour me montrer qu'il ne manquait de rien, m'avait autorisé à inviter quelques-uns de mes meilleurs amis, à condition que les filles soient en nombre égal à celui des garçons. Je détestais Collot et cette façon qu'il avait de faire de moi son obligé. Mais on ne laisse pas passer ses vingt ans comme un train dans la campagne.

La veille donc, mon père m'avait donné ses

plans, sans bénéfice de discussion. Une stratégie simple, débitée comme un télégramme, avec cette façon particulière qu'il avait de rouler les r, moelleuse comme le terroir de Bourgogne dont il était originaire. Les Schleus avaient caché leur jeu en faisant croire que le national-socialisme défendait la classe ouvrière. L'invasion de l'URSS le prouvait. Le flottement n'était plus de circonstance. Le Parti entrait en lutte contre les Boches et Pétain. Mon père s'activait déjà. Il ne voulut rien me dire. Et m'expliqua que la lutte clandestine c'est comme les mathématiques. Pour avancer il ne sert à rien de faire la démonstration des théorèmes. Il était content de cette image qui lui donnait une allure d'intellectuel. La partie du programme qui me concernait me tomba dessus comme un éboulis. Mon père m'envoyait dans la clandestinité. Sans plus me consulter qu'on ne le faisait pour les orphelines de bonne souche qu'on enfermait au couvent à quelques siècles de là. Mais je ne pouvais m'éclipser durablement sans qu'on soupçonne notre famille de résistance. Je ne pouvais pas non plus m'engager près de la maison. Le combat de proximité était réservé aux camarades plus âgés, établis. En plus j'étais à l'âge où l'on ne manquerait pas de me solliciter. Les dictateurs aiment les jeunes. C'est leur matière. Mon père craignait que les Allemands n'en viennent à enrôler des Français pour se battre à l'Est. Un risque qui me concernait parce que ma mère était originaire d'une Alsace redevenue allemande. Kenner, ça ne s'invente pas. Mon père avait donc décidé de me faire mourir, disparaître de l'état civil. J'avais un mois pour contracter la maladie, agoniser et passer. Avec la complicité d'un médecin qui sans être proche du Parti était de la grande cause. Le lendemain de ma mort, je devais partir avec de faux papiers pour une région plus au sud et m'évanouir dans un réseau. Voilà comment je suis devenu résistant de père en fils. Je n'ai même pas eu le choix de mon nouvel état civil. Mon père a repris mon vieux surnom de Galmier sans me consulter. Je suis sorti de son bureau, la tête pleine et confuse comme une gare de triage. Je n'avais pas le sentiment de devenir partisan. Juste comédien, et je me demandais si j'allais être à la hauteur de ce rôle de composition qui demandait le talent d'un Jouvet ou d'un Gabin.

Promu mort vivant par mon père, je me suis rendu guilleret à cette fête qui s'annonçait comme la dernière sous ma véritable identité. Dès que j'ai franchi la porte d'entrée, j'ai senti que je pénétrais dans la haute. Les deux heures de vélo pour se rendre à Montparnasse de ma banlieue m'avaient mis en nage. Je me suis donc présenté à la porte avec le regard bas d'un type qui sort d'un bain forcé. Le domestique qui a ouvert m'a toisé sans complaisance. L'arrivée de Collot, fume-cigarette au bout des doigts, montre à gousset en or, nœud papillon, m'a probablement évité l'expulsion. La porte refermée sur nous, il s'est produit comme un enchantement. La guerre avait été priée de se cantonner au vestiaire. Dans le grand salon boisé, verre dans une main, petits-fours dans l'autre, Français et Allemands s'entretenaient sans plus de passion qu'après un tournoi de tennis. Les Français n'avaient pas l'air de vaincus. Le père de Collot m'a salué sans croiser mon regard. Un officier allemand se promenait de tableau en tableau, avec un air de délectation bien compréhensible. Ils étaient rentrés en France comme dans du beurre, l'élite du pays se mettait en quatre pour leur être agréable. L'ouverture du front de l'Est s'annonçait comme un petit nuage cotonneux dans un ciel clair. On ne change pas une équipe qui gagne. J'entendais le père Collot qui conversait avec un petit homme avachi aux lèvres adipeuses, il parlait de relance de son activité industrielle : « Pas de guerre sans armes, pas d'armes sans vis. » Et l'autre opinait, l'air de dire, « Dieu merci, derrière l'illusion du chaos, les affaires se poursuivent dans l'ordre. »

Madame Collot était vieille et hystérique. Ses autres enfants que Paul, toujours polis au papier de verre, faisaient semblant de ne pas me remettre, c'était plus chic. Paul m'a présenté à sa sœur qui fêtait son anniversaire aussi. Elle était née comme moi, le 13 juillet 1921. Des jumeaux astrologiques en somme. Elle avait l'air un peu niais de ceux qu'on porte depuis la naissance. Marcel, un bon copain de l'école, est arrivé avec sa cousine. Une fille ravissante. Je ne sais pas si c'est la vue du buffet, mais j'ai eu l'impression qu'elle avait de grands yeux. Paul l'a repérée tout de suite, a engagé la conversation avant de la conduire par le bras à l'écart de son frère pour mieux la ferrer. Marcel m'a fait remarquer que ce buffet, pourtant déjà bien entamé, valait à lui seul un an de tickets de rationnement pour une famille de huit enfants. Du coup on est restés à boulotter des petits canapés pendant une bonne demi-heure en évitant de parler pour ne pas nuire au rendement. Puis les convives qui dépassaient la trentaine se sont retirés un à un. Les Allemands en claquant des talons, les autres sans bruit. Alors on a fait salon. J'ai bu sans ménagement de peur qu'il n'en reste après mon départ. Une femme est venue s'asseoir près de moi, prise de lassitude. Éméchée, mais faisant bonne figure. Elle a posé sur moi des yeux qui cherchaient le repos plus qu'autre chose. Elle a réalisé ma présence et engagé la conversation. Je la trouvais belle à force de la regarder. C'était une parente de nos hôtes. La cousine germaine de Collot. Elle est entrée dans un long monologue comme seul l'alcool sait en inspirer. Heureuse de connaître et de vivre cette époque qu'elle appelait le crépuscule des médiocres. Attirée par le fascisme comme les moustiques par la lumière. Aspirée par un besoin physiologique d'ordre et de sublime vérité. Le frisson de la chevauchée sur un grand cheval noir dans les ténèbres. Une internationale de l'élite débarrassée de ses banquiers juifs. Alors le fascisme m'est apparu comme mon père n'avait jamais pu me l'expliquer, prisonnier qu'il était de son attachement paranoïaque à la lutte des classes. Un dérèglement hormonal qui consumait le cerveau.

Elle me trouvait à son goût. Nous n'avons eu que le boulevard Montparnasse à traverser pour se retrouver chez elle dans un immense atelier d'artiste de la rue Campagne-Première. J'avais envie d'elle comme les Noirs ont envie des Blanches et comme les Blancs désirent les Noires. L'attrait de l'inconnu et de l'exotisme. Je n'avais ni l'âge ni le physique de faire le difficile pour des raisons politiques. Elle a enlevé ses chaussures à talons pour monter les deux étages d'escaliers en chêne ciré. La rampe la maintenait debout. J'avais le ventre gonflé d'un chiot qui a passé un hiver à téter sa mère. Elle peignait. De cette façon désastreuse qu'inspirent les idéologies crispées. L'ordre et l'art ne font pas bon ménage. C'est étonnant de réaliser le peu de temps qu'on passe à faire l'amour comparé à celui qu'on consacre à y penser. C'est pour ça que j'étais bien contrarié de ce malaise digestif qui m'a cantonné dans un fauteuil en cuir profond. Elle s'est allongée sur un canapé, la tête sur l'accoudoir, et s'est endormie. Au petit matin, elle s'est levée sans bruit. Elle a pris une douche. Après s'être séchée, elle a déambulé dans l'atelier, complètement nue. C'était la première fois que je voyais une femme dans l'état de nudité absolue. J'ai eu autant de plaisir à la regarder qu'à la posséder. Possession, un bien grand mot pour un plaisir fugitif et sans lendemain. Je suis reparti sur mon vélo, dans une brise matinale qui me soufflait dans le dos, comme pour m'éloigner plus vite d'elle. Le Paris des bourgeois semblait évanoui dans une grasse matinée lascive. J'ai trouvé le chemin long jusqu'au val de Marne.

À mon retour à la maison, ma mère était installée dans une chauffeuse du salon. Elle tricotait. Elle a levé les yeux, m'a souri. «Je travaille pour toi», a-t-elle lancé en réponse à une question que je ne lui avais pas posée. Ma mère préparait ma valise comme le trousseau de mariée d'une fille. Le lundi vers les dix heures, mon père est rentré avec un regard de déterré accompagné d'un médecin reconnaissable à sa mallette en cuir. L'exécution du plan commençait. Le médecin m'a parlé d'une méningite foudroyante pour écourter la pièce de théâtre. Les plans avaient changé. Je devais partir dans les trois jours, la nuit de ma mise en bière. Pendant les deux journées qui ont suivi, il a effectué un incessant ballet entre son cabinet et la maison. Ma mère, dans son rôle comme si elle sortait du conservatoire, s'ouvrait à qui voulait l'entendre que son fils était atteint d'une méningite virale. Le genre d'annonce qui tient les compatissants éloignés. Je suis mort le lendemain soir. Le médecin a signé le certificat de décès. Je me suis habillé dans mon seul costume. Ma mère m'a maquillé, blafard. Les types des pompes funèbres générales sont arrivés le lendemain matin. Trois communistes et un benêt, qui avait grandi plus vite que son pantalon. Mon père les a reçus. Les a entretenus sur le thème de la maladie contagieuse. Voyant que l'idiot du village avait un petit moment de faiblesse, ses trois collègues lui ont proposé d'aller se prendre un petit remontant pendant qu'ils allaient m'installer dans la boîte. Quand il est revenu, le coffre était fermé, plein de sable en sacs et moi dans le placard. Ils sont sortis, direction le cimetière. Mes parents ont suivi la voiture funèbre à pied. Ils sont revenus à la tombée du jour, les mains brisées par les condoléances des voisins du quartier. Quand il a fait nuit noire, mon père m'a donné mes faux papiers, le signalement de l'homme que je devais retrouver dans le Sud, de l'argent pour quelques jours. J'ai embrassé ma mère qui souriait comme toujours, me suis saisi de ma valise en carton bouilli et je suis sorti par la porte de derrière, celle qui donnait sur le chemin qui longeait la Marne. Mon père m'a dit que cette porte resterait ouverte toute la guerre. Il m'a donné une tape sur l'épaule et s'est retourné. J'ai marché deux kilomètres jusqu'à la maison d'un de ses camarades. J'y suis resté jusqu'au lever du jour. Et de là, le couvre-feu expiré, loin des regards de ceux qui auraient pu me reconnaître, j'ai rejoint la gare de Lyon en tramway. Arrivé à la gare, j'ai eu un moment de faiblesse. Les jambes coupées. Comme ça arrive après les enterrements. Quand on réalise que le mort l'est pour de bon. Je n'étais pas à l'âge où on craint la mort. Je craignais plutôt de vivre, éloigné. Je me suis mis à m'attendrir sur moi-même. J'ai caché mes larmes aux toilettes de la gare. Je n'oublierai jamais leur goût salé comme la première eau des huîtres. Ni l'odeur géante d'ammoniaque qui venait de cette grande étable. Puis m'est venue l'idée que je pourrais être un lâche. Je me suis dégoûté. J'ai repris ma valise pour rejoindre mon train en me jurant de ne plus jamais défaillir.

Je n'ai pas été long à être dans le bain. À l'entrée du quai trois policiers entourés par deux soldats allemands contrôlaient les papiers. Des vrais petits lords sortis d'un défilé de mode avec leurs grands manteaux en cuir qui leur tombaient sur les chevilles. La police avait récolté tous les sans-grade de l'avant-guerre, des petits hommes mal faits recroquevillés sur une aigreur congénitale. Le produit d'un croisement entre la petite frappe et le gardien de prison.

Ils suintaient la revanche, choyés par une époque qui leur donnait la chance de mettre de l'ordre dans leurs cerveaux. Avec en prime le pouvoir de martyriser leurs compatriotes, ces êtres inférieurs engourdis par la débâcle. Ils jubilaient à l'idée de coincer l'ennemi par la paperasse. Le seul domaine où ils excellaient. Et puis c'est pas compliqué de lire un nom sur un document de préfecture. Quand ce nom finit par stein, sky, berg, ek et j'en passe, c'est que ça mord au bout de la ligne. J'ai quand même prié pour que mes papiers n'aient pas l'air aussi faux qu'ils l'étaient. Le plus petit des trois s'en est saisi. Il a pris son temps, ce qui était le signe de l'importance qu'il s'accordait. Il m'a détaillé de bas en haut. M'a fait mettre de profil, des fois que ce serait celui d'un apatride judaïque. Il a ordonné à son acolyte de droite de regarder le contenu de la valise. Tout en tapotant le dessus de sa main avec les papiers, il m'a demandé où j'allais et pourquoi. Il a fait semblant d'écouter distraitement ma réponse avant de fondre sur mon regard pour détecter le moindre signe de mensonge. J'ai répondu que j'allais à l'enterrement d'un proche. Il a marqué un temps d'hésitation, a relu les papiers, m'a fait restituer la valise puis m'a laissé partir, déjà affairé à repérer une nouvelle proie. Mon cœur battait à peine plus vite qu'avant le passage du contrôle. J'avais repris confiance.

C'était le train du quant-à-soi. Tout le monde se regardait de travers. Peu habitués à cette guerre où, pour la première fois, l'uniforme ne suffisait plus à reconnaître l'ennemi. Une pièce de théâtre où subitement un spectateur dans la salle se met à donner la réplique aux acteurs qui sont sur les planches. Chaque fois que j'ouvrais la porte d'un compartiment pour trouver une place, des yeux exorbités se jetaient sur moi. Puis quand ils réalisaient que ce n'était qu'un jeune homme avec une tête chiffon d'étudiant, ils reprenaient leur position, leurs petits sacs sur les genoux, en essayant de ne regarder nulle part. Je suis finalement resté dans le couloir, bousculé par les soldats allemands et les policiers français qui montaient dans chaque gare, comme pour entretenir l'inquiétude. J'ai occupé mon temps à regarder le paysage. La douce France se déroulait, paisible et sourde aux déchirements de ses habitants. Elle avait les contours d'une femme nue étendue sur le côté. C'était pour cette France-là, harmonieuse et pacifique, que j'allais me battre. À L., je devais sortir de la gare par l'escalier principal et commencer à marcher lentement en direction du centre, en boitant. Un type s'est alors porté à ma hauteur. C'était un gars immense, efflanqué comme un cheval abandonné sur une terre aride. Il m'a demandé comment je m'appelais. J'ai répondu Galmier en continuant à boiter. Il a eu l'air convaincu. On est ensuite entrés dans un café. On a attendu un petit moment. Il ne m'a rien dit. En sortant il m'a expliqué le programme. D'abord, je pouvais m'arrêter de boiter. Ensuite, on allait dans la campagne. J'allais être logé pendant quelques semaines chez une camarade, une prof de lettres. Je ne devais absolument rien lui dire de moi. Ni mon nom ni mon histoire. Je devais lui donner un faux prénom. Ne jamais rien lui raconter de personnel sur mon passé, aucune information qui lui permette de me situer. Car pour elle, je venais de nulle part et ne me rendais nulle part. Il m'a expliqué à coups de petites phrases sèches, que la clandestinité, c'est comme une coque de bateau. Une juxtaposition de cloisons étanches. Si l'une d'elles est déchirée, le bateau doit rester à flot. La consigne était de m'installer chez cette femme, sans jamais être vu de l'extérieur. En attendant les ordres. Il n'avait aucune idée sur la durée de cette attente. Jours, semaines, mois peut-être. Il était désormais mon contact. Si quelqu'un d'autre venait me voir de sa part, le mot de passe était « le grand soir ». Je pouvais le suivre, sans jamais poser de questions. Nous avons marché jusqu'à une petite gare, dans la vieille ville. Un petit train nous a conduits dans la campagne, à petite allure, toutes vitres ouvertes, pour refroidir la tôle chauffée à blanc par le soleil d'août. Le voyage n'a pas duré plus de trois quarts d'heure. Nous sommes descendus dans une petite station posée contre une grande colline verdoyante. Le train est reparti dans son froissement de métal. Puis plus aucun bruit. Juste le piaillement d'oiseaux à la fête de l'été, et le craquement des graviers sous nos godillots. Nous avons pris un sentier qui suivait la voie ferrée un long moment avant de bifurquer vers la grande colline verte à travers des bois où chênes et sapins coexistaient le long du chemin. Mon contact n'a pas prononcé un mot jusqu'à ce qu'il réalise l'état de nage où m'avaient mis ma grosse valise et mon manteau de laine. Nous nous sommes arrêtés au bord d'un petit étang qui frétillait sous une brise qui ne suffisait pas à ventiler ma sueur. Il m'a laissé reprendre mon souffle. Il a arraché une grande herbe et s'est mis à la mâcher, le regard posé au loin.

Nous sommes restés assis dans l'herbe une heure de plus. Pour attendre la tombée de la nuit. Puis nous avons continué à gravir le sentier dans une obscurité croissante qui ne nous permettait plus de distinguer les racines des arbres qui affleuraient sur la mousse recouverte d'aiguilles de pin. Une ferme silencieuse a découpé le clair de lune sans prévenir. Un chemin de terre y menait. J'ai posé ma valise sur le sol et me suis assis sur un tronc mort pendant que mon guide frappait à la porte par petits coups, avec la précision d'un télégraphiste. Une jeune femme est apparue dans l'encadrement de la porte, éclairée de dos par une lumière blafarde. Nous sommes entrés sans dire un mot. À nous trois, nous n'avions pas soixante-cinq ans. C'était une grande fille pâle aux longs cheveux. Un profil aquilin dont le caractère démentait une allure commune. Sa robe légère lui tombait comme sur un mannequin de bois. Le grand escogriffe lui a tendu une liasse de billets de banque qu'elle a roulée dans ses mains comme un chapelet. Puis il lui a demandé de bien m'indiquer toutes les sorties en cas d'urgence. Il m'a recommandé de me conduire comme si toute la police était à mes trousses avant de sortir sans un regard. D'une voix avare d'intonations, la jeune femme m'a invité à la suivre jusqu'à ma chambre. Nous avons traversé la maison principale dans un dédale de murs épais. Une petite porte voûtée donnait sur une cour rectangulaire close par des bâtiments agricoles. Nous sommes entrés dans une étable où dormaient quelques moutons. Un escalier abrupt montait vers une mezzanine recouverte d'un foin sans âge. Une petite porte encastrée dans le mur s'ouvrait sur ma chambre, une cellule de moine avec deux petites ouvertures. L'une sur l'extérieur, l'autre sur la cour. Un lit, une petite armoire penchée par les années, une table en chêne et une chaise paillée. Le tout éclairé par une ampoule à nu. J'ai posé ma valise sur le lit avec mon manteau. Chaque pas soulevait un petit nuage de poussière. J'ai béni le ciel de n'être ni asthmatique ni tuberculeux. Elle m'a proposé un bol de soupe. Elle m'a demandé de lui donner quelques vêtements pour les mettre dans sa penderie, pour faire penser qu'on vivait ensemble au cas où nous aurions une descente. C'était une soupe à rien du tout, épaissie par une farine d'un végétal inconnu en temps de paix. Heureusement, elle ne manquait pas de vin. Une cave pleine de vin de messe qu'on vendangeait tout autour. Elle m'a regardé sans dire un mot pendant que timidement je faisais avec ma cuillère les allers-retours entre mon assiette et ma bouche. Elle ne s'est décidée à parler que pour m'annoncer qu'elle quittait la ferme à sept heures trente le matin pour ne revenir que vers cinq heures du soir. Qu'elle avait quelques bêtes dans les communs et qu'elle allait m'apprendre à m'en occuper dès le lendemain à six heures. Qu'elle avait aussi beaucoup de livres. Qu'elle m'indiquerait où laver mon linge. Trois activités passionnantes pour une période indéterminée. Je n'ai pas été long à comprendre qu'il fallait mener au pré chaque matin son cheval, sa chèvre et ses moutons et leur remplir l'abreuvoir. Cela fait, les journées s'étiraient, longues. La jeune femme qui m'hébergeait m'accordait l'attention suspicieuse d'une nonne pour une novice. Comme si elle pressentait une conversion récente et hâtive. De retour de ses cours, elle s'enfermait dans une petite pièce qu'elle s'employait à dérober à mon regard. Les premiers jours, nous ne nous sommes pas parlé. De peur de trop en dire, comme de bons élèves de la clandestinité. Peut-être aussi parce que nos natures s'accordaient mal. C'était une intellectuelle, son corps semblait n'être que l'accessoire de son esprit et la platitude de ses formes l'affichait. Je ne pensais qu'à manger, à boire, incapable de me concentrer une minute sur un de ces livres qui habitaient cette maison. Je tournais en rond, à m'en aigrir le caractère. J'étais devenu le partisan de l'ennui et je compris à cet instant que la Résistance pouvait être faite de plus d'attente que d'action. Les jours passant elle est devenue plus avenante comme si, sans le savoir, j'avais réussi ma probation. Elle a même consenti à améliorer l'ordinaire avec des œufs, du fromage de chèvre et de brebis. Elle a fini par s'ouvrir tout à fait. C'était une vraie militante communiste. Elle voyait le monde en rouge, de sa ferme perdue dans les bois. Elle était ma première rencontre avec une intellectuelle du Parti. Ceux que j'avais connus jusque-là, c'était des grincheux de base, des prolos qui naviguaient à l'instinct, qui bouffaient du patron jusqu'à la torsion d'estomac. Claudine, puisqu'elle s'était choisi ce prénom d'emprunt, n'avait pas de rancœur. Elle préparait simplement l'inexorable passage à l'ordre prolétarien. Ceux de 89 avaient déboulonné l'aristocratie. Restait la bourgeoisie. Elle s'en occupait. Elle servait la Résistance. Contre le fascisme, paroxysme de l'ordre bourgeois. En pliant des tracts dans des enveloppes, et en servant de gîte d'étape pour des gamins comme moi, en transit vers des destinations inconnues. Elle a bien vite compris que j'étais plutôt un communiste héréditaire qu'un obsédé de la doctrine. Ce n'est pas la seule chose qui nous éloignait. Elle était osseuse et j'aimais les femmes en chair. Pourtant nous nous sommes réunis. Addition de solitudes. En évitant les secrets d'alcôve. La consigne était toujours vive. Les semaines passaient. Je crois qu'elle s'est mise à m'aimer. L'amour de son contraire, pour mieux s'accepter. C'était une femme solitaire. Je sentais comme une délectation chez cette féministe sans le savoir, de voir son homme passer ses journées à l'attendre. J'avais un mal croissant à tuer le temps.

Je me suis inventé un but : apprendre à monter à cheval. J'ai trouvé une selle poussiéreuse dans une armoire, piquée par les vers, et un mors rouillé. Pas de filet. J'en ai confectionné un avec des bouts de corde. J'ai mis deux jours à l'ajuster aux dimensions de la tête du cheval qui n'arrêtait pas de la secouer de bas en haut dans un oui qui voulait dire non, tranquille qu'il était à mâcher son foin rance. Si un sang pur coulait dans ses veines, cela devait remonter aux premières conquêtes arabes dans la péninsule Ibérique, parce qu'il avait des attaches grossières et un œil éteint qui trahissait un vrai manque d'ambition. Une fois terminée la restauration de son harnachement que j'avais graissé avec un millésime d'avant la guerre de 14, j'ai entrepris de grimper sur l'animal dans la cour de la ferme. Il était si puissant, qu'il semblait ne pas réaliser ma présence sur son dos. Un violent coup de talons dans les flancs l'a fait avancer de trois pas. Puis je crois qu'il s'est endormi. J'ai répété l'expérience plusieurs jours de suite. Elle se terminait toujours de la même façon. Le cheval sombrait dans le sommeil au milieu de la cour.

J'ai quitté ce destrier de l'immobilisme sans prévenir et sans faire mes adieux à la maîtresse de maison. Deux types sont venus. Un grand blond avec une tête d'aviateur qui semblait aimer la vie. Un brun, pas très grand, le plus réfléchi des deux. Le petit m'a lâché le mot de passe avec un sourire en coin :

— C'est le grand soir pour toi, mon vieux, tu as dix minutes pour plier ton pacot.

J'ai entassé en vitesse mes affaires dans mon sac, j'en ai oublié la moitié dans la penderie de Claudine. Lorsque je m'en suis rendu compte, je l'ai dit aux deux types. Le petit m'a répondu :

— Sauf si c'est un pull tricoté par ta mère, on t'en trouvera des guenilles !

Le pull tricoté par ma mère, heureusement, je l'avais sur moi. J'étais d'une telle superstition.

Nous avons dévalé le même chemin qu'à l'aller sauf que les arbres avaient leur feuillage d'automne. La forêt tout ocre semblait parée comme une princesse égyptienne. Au lieu de descendre tout droit, nous avons pris un sentier sur la gauche qui conduisait à une route en terre. Au bout du chemin, un gars avec une dégaine d'ouvrier nous attendait appuyé sur une Juva en grillant une cigarette dont il recrachait la fumée comme un gros vapeur. Pour toute présentation, il m'a tapé sur l'épaule et m'a ouvert le coffre où j'ai jeté mon paquetage. À quatre dans la voiture, on était serrés. Surtout à l'arrière, à côté du grand blond, pas tellement plus grand que moi mais lui, il avait aussi poussé des épaules. Je me sentais grisé par l'air frais, cette même griserie qu'on ressent à la lumière après un long séjour en sanatorium. J'ai senti qu'on tournait un peu en rond en faisant des détours inutiles pour éviter que je ne me repère. Le petit brun m'a annoncé le programme :

— Tu vas dormir chez Rémi pendant deux ou trois jours.

Rémi c'était le beau blond avec un sourire de jeune premier.

— Demain, c'est le grand jour. Si ça se passe bien, tu resteras avec nous quelque temps. Si tu foires, on te renvoie d'où tu viens.

Il a laissé passer quelques virages avant de me demander d'un ton sec.

— Tu crois que tu parlerais sous la torture ?

J'ai hésité quelques secondes avant de répondre :

— C'est probable.

Il s'est retourné en souriant :

— Tu as réussi ton premier examen de passage. Si tu m'avais répondu non, on t'aurait débarqué sur le côté de la route. Les fanfarons finissent toujours par créer des ennuis. Moi c'est Paul, et celui qui conduit c'est P'tit Louis. Je vais t'expliquer comment fonctionne notre réseau. Des cloisons horizontales. Trois. L'action, le recrutement et le renseignement. Avec pour chacun un chef. Pour le service action c'est moi. C'est là que tu dois faire tes preuves. Si ça se passe bien, on te laissera tranquille un moment à faire du recrutement. Et si tu montres des qualités suffisantes, plus tard, on te versera dans le renseignement. C'est le chef de réseau qui décidera. Tu le rencontreras peut-être un jour, sans savoir que c'est lui. Pendant les semaines qui viennent tu ne connaîtras que trois personnes. Nous trois. Tu sais te servir d'une arme ?

— Non.

— On apprend vite. J'allais oublier. Une règle. Tu ne poses jamais de questions. Moins tu en sauras, moins tu auras de choses à raconter le jour où ils t'arracheront les ongles avec une pince-monseigneur.

Nous avons continué à rouler dans la campagne pendant près d'une heure. P'tit Louis mégotait des papiers maïs, mi-fumées, mi-mâchées. Les unes derrière les autres. Malgré les fenêtres ouvertes, une fumée bleu-gris se tortillait dans l'auto, s'enroulant autour de nous. Nous avons quitté la grande route pour une plus petite qui serpentait entre des marronniers en prenant de la hauteur. À droite dans un virage, commençait un chemin de terre qui grimpait sur les hauteurs d'une colline verdoyante. La forte pente qui faisait hennir le moteur de la Juva, les gros nids-de-poule qui semblaient se creuser dans l'indifférence m'ont fait comprendre qu'on s'acheminait vers une planque idéale, difficile d'accès. Impossible d'y pénétrer sans être vu ou entendu de loin. Il nous a fallu cinq bonnes minutes pour accéder à la bâtisse, plantée sur la hauteur. Une grande maison ancienne, rectangulaire, noble et sobre. Une façade allongée, percée de nombreuses ouvertures, dont certaines avaient été murées du temps où l'État imposait les portes et fenêtres. Pour la première fois, je pénétrais dans une propriété bourgeoise, grande comme dix maisons en meulière de ma banlieue.

La quiétude régnait sur l'endroit. À l'avant, des chevaux de selle humaient la brise dans un grand pré clos de lisses de bois brut. À l'arrière, la maison donnait sur une forêt de conifères comme on en trouve sur les plateaux montagneux. Une grosse tache vert sombre propice à la fuite vers les nombreuses collines avoisinantes qui formaient une chaîne. Nous sommes entrés directement dans un garage en planches vermoulues dédié à camoufler notre présence. La mère de Rémi s'est avancée à notre rencontre. Une femme grande et mince, aux cheveux blonds enroulés dans un chignon. Des yeux bleus délavés par le temps. Des contours austères, rompus à la souffrance. Une bien belle femme qui approchait de la soixantaine. Elle m'observa sans dire un mot, scrutant cet étranger qui venait de nulle part. L'intérieur exhalait un parfum de fleurs mourantes. Il semblait délaissé depuis des années, comme si ses occupants avaient subitement décidé de le figer. Le voile de tristesse qui recouvrait le décor contrastait singulièrement avec le caractère enjoué de Rémi. La table était mise dans la cuisine près d'un poêle à bois qui luttait bien seul contre le froid des gros murs humides. Nous nous sommes attablés avec la mine déférente de paysans conviés à souper dans les communs d'un château. P'tit Louis, avec sa tête d'ouvrier, courbait le dos. Notre timidité ne tarda pas à s'évanouir devant le festin qui nous attendait. Du sanglier avec des pommes de terre et du vin. Quand il ne résistait pas, Rémi chassait. Sur les centaines d'hectares qui entouraient la propriété. Les Allemands et leurs domestiques français n'étaient pas encore parvenus à réquisitionner les bêtes sauvages. C'est ainsi que la branche action d'un réseau de montagne s'empiffra pendant deux bonnes heures, poussée par cette peur de manquer qui mène le monde. Le repas terminé nous avons remercié la maîtresse de maison qui ne s'était pas jointe à nous, avant de nous replier dans un petit salon d'hiver qui sentait le cuir et la poussière. Accroupis autour d'une table basse nous avons regardé Paul déplier une carte d'état-major. Il a entouré la cible. La banque d'une bourgade desservie par un réseau routier en étoile. Le réseau était chargé de collecter des fonds. Piller des troncs d'églises ou faire la quête ne pouvait satisfaire nos ambitions. La lutte clandestine s'annonçait longue. Les Allemands étaient bien là, les pieds pris dans le ciment, nourris par la collaboration. Le travail qui commençait ne connaissait pas son terme. Cinq ans, dix ans, peut-être. Ou plus. La seule méthode à suivre était celle des malfrats. Attaquer, rançonner, tondre ceux qui faisaient semblant de rien. Parce qu'un changement de drapeau ne suffisait pas à déranger leurs habitudes. Nous étions organisés comme un gang. Un conducteur, moteur débrayé, le pied sur la pédale d'accélérateur. Un guetteur pour sonder l'environnement Deux braqueurs. Rémi l'intrépide et moi, la bleusaille au baptême du feu. Paul et P'tit Louis nous ont quittés sitôt le plan de bataille terminé. Rendez-vous était pris à six heures du matin à l'embouchure d'un chemin au bas de la colline pour que le bruit du moteur dans la côte ne réveille pas tout le canton. Au retour du braquage, deux filles devaient nous attendre dans une traction garée à deux kilomètres du bourg. Elles devaient récupérer l'argent et les armes, pour que nous puissions repartir sans être inquiétés, sillonner la campagne d'un air insouciant, sans appréhension des barrages. Paul était un petit ingénieur de production. Sa formation de base lui avait donné le sens des probabilités. Selon lui, on ne pouvait pas faire voyager ensemble des coupables et la preuve de leur culpabilité sans qu'un jour l'équipée ne se fasse prendre. S'ils nous prenaient désarmés, sans un rond, ils n'avaient rien contre nous. S'ils arrêtaient les filles avec le butin dans un coffre de voiture armé comme un destroyer, c'en était fini d'elles. Mais ce n'était qu'une déchirure dans une petite cloison étanche. Sans conséquence pour le navire. Parce qu'elles ne savaient rien de nous, pas plus que ceux qui les envoyaient au rendez-vous. Nos deux camarades évanouis dans la campagne, nous nous sommes retrouvés seuls, Rémi et moi. Il m'a emmené dans ma chambre, portant ma valise, en hôte parfait. C'était une petite pièce en demi-étage qui donnait sur l'escalier qui conduisait au grenier. Une lucarne s'ouvrait sur l'arrière de la maison. Un grand lit en fer au sommier grinçant, une commode et un lavabo :

— On ne t'a pas mis là pour te punir, mais si tu montes au grenier, tu trouveras un escalier qui descend directement à la cave. De la cave on peut sortir de la propriété sans mettre le nez dehors. Par un souterrain construit par les protestants, du temps où le site leur appartenait et que les cathos jouaient le rôle des Boches. Mon père a mis trente ans pour le trouver. Tout à l'heure on fera le trajet. Au cas où… Normalement ça ne risque rien. Personne ne nous soupçonne. Sinon on le saurait.

La question me brûlait les lèvres. Je la lui ai posée.

— Dis-moi, Rémi, pourquoi cette confiance ? Tu n'as pas l'air du Parti, et tu ne sais rien de moi ?

— Moi, non. Mais d'autres savent. Ton père et ta mère font paraît-il un gros boulot dans la Résistance. Je ne sais pas lequel, mais c'est pas des demi-portions. Quant au Parti, ici ce n'est pas le plus important. On lutte ensemble. On est déjà pas beaucoup. Si en plus il fallait s'organiser par chapelle, on en sortirait jamais. En 14, dans les tranchées on ne faisait pas l'appel en fonction de la couleur politique. Maintenant c'est pareil. Le vieux Pétain traîne derrière lui autant de gens de droite que de la gauche molle. Aujourd'hui, le critère c'est les tripes. C'est toujours plus facile d'avoir des convictions quand on a rien à perdre, que quand on joue sa vie. Quant à toi, on ne prend pas un gros risque. Maigre comme tu es, s'ils t'attrapent, tu seras mort avant de parler.

Rémi devait avoir deux ans de plus que moi. Le type qu'on ne pouvait pas avoir comme ami. À moins d'accepter de se faire piquer toutes les filles. Je suis resté dans ma chambre jusqu'à la tombée de la nuit. À ne rien faire. On passe beaucoup de temps à ne rien faire quand comme moi, on n'a aucune curiosité pour les livres. De ma chambre, éloignée du reste de la maison, je n'entendais que le silence. Je n'arrivais pas à imaginer que cette quiétude puisse basculer dans un vacarme de portes qu'on frappe, d'aboiements gutturaux, de coups de feu puis de cris. Je me suis endormi, en pensant à Claudine, que je ne verrais peut-être plus jamais. C'était sans doute mieux comme ça. Sauf à mourir, il me restait tant à vivre.

Rémi est venu me réveiller. Il m'a fait visiter l'issue de secours. Puis nous sommes descendus dans la salle à manger. Après le festin de bienvenue du midi, nous avons fait maigre. Une vieille dame nous a servi de la soupe à volonté. La mère de Rémi, toujours aussi froide que prévenante, ne parlait pas. Sa sœur est entrée dans la pièce. J'ai su qu'il s'agissait de sa sœur tant elle leur ressemblait. Elle devait avoir dix-huit ans. D'une beauté à me donner un coup de cuillère dans les dents. L'apparition de la Vierge dans un temple parpaillot. Elle m'a salué d'un petit sourire, s'est mise à table sans appétit puis elle est repartie. Rémi m'a conduit dans un fumoir. Il m'a offert une cigarette mi-papier mi-tabac et un verre de prune qui m'a siphonné les viscères. Au point d'y prendre goût et de finir la bouteille. Lorsque je me suis retrouvé dans cet état où l'on peut tout entendre, Rémi m'a parlé de la suite :

— Demain c'est une opération de collecte de fonds, de la routine. Après-demain, ça risque d'être un peu plus difficile. Mais a priori moins risqué. Il faut que tu descendes un type. Dans une embuscade. De sang-froid. Je te rassure, ce n'est pas pour te tester. C'est juste que tu es le seul à pouvoir le faire. On a besoin de toi sur ce coup-là. Le jour même, on te fera quitter la région.

Depuis que mon père m'avait versé dans la Résistance, je m'étais fait à l'idée de mourir. Mais pas à celle de tuer. Et pas dans ces circonstances. Parce que quand on part à la guerre, on n'imagine jamais de tuer d'autres personnes que des anonymes. À cette mauvaise nouvelle s'ajoutait celle de mon départ. Loin de sa sœur.

Je n'ai pas fermé l'œil de la nuit. À cinq heures, Rémi est venu frapper à ma porte. Nous avons mangé un bout de pain avant de graisser les armes. Rémi disait qu'il n'est de pire contrariété qu'une arme qui s'enraye alors qu'on vous vise. Il m'en a désigné une. Un pistolet d'ordonnance à barillet. Il me l'a chargé. M'a bien montré le fonctionnement du cran de sûreté. Nous avons mis notre artillerie dans un grand sac avant de prendre le chemin qui menait à notre point de rendez-vous. Il régnait une atmosphère de matin de chasse. Les oiseaux nocturnes rentraient se coucher. Des bêtes sauvages de retour des points d'eau faisaient frémir les hautes herbes. P'tit Louis et Paul sont arrivés en même temps que nous. P'tit Louis était déjà dans un nuage de fumée. Paul semblait grave. Nous avons roulé une bonne heure sur des petites routes sinueuses avant de nous garer dans le renfoncement d'un chemin, sous un châtaignier, en attendant qu'il soit l'heure. Le plan était simple. Rémi entrait dans la banque. Je devais le suivre à trois mètres pour le couvrir et faire feu au moindre geste suspect d'un employé. Paul restait à faire le guet. P'tit Louis prêt à faire chauffer la gomme. La bande à Bonnot, pour la bonne cause. À huit heures trente nous sommes entrés dans la bourgade, nous sommes garés devant l'agence. Rémi et moi avons franchi la porte, casquette et foulard sur le nez pour ne pas être reconnus. Comme s'il avait fait ça toute sa vie, Rémi a sorti son arme, s'est avancé vers celui qui affichait le grade le plus élevé et lui a gentiment demandé de nous remettre toutes les valeurs de l'établissement, dans le calme et la bonne humeur. Pendant ce temps-là je pointais les deux grouillots qui vivaient l'événement de leur existence. Ils gardaient les mains très haut en l'air, comme s'ils cherchaient à s'accrocher au plafond. Je n'avais qu'une crainte, que dans un moment de panique, en faisant feu, je ne touche Rémi dans le dos, parce qu'il n'arrêtait pas de faire l'essuie-glace devant moi. Mais il ne s'est rien passé. Notre marché terminé, on les a enfermés dans le petit bureau du directeur qui donnait sur l'arrière, puis nous sommes sortis, sans empressement. Une fois dans la voiture, Paul a compté le butin, satisfait. Nous avons rejoint les filles à l'endroit convenu. Une moche boulotte et une belle fille gironde. Nous avons transféré les armes et le butin dans une cache du coffre. On a enlevé la terre qu'on avait mise sur les plaques de notre voiture. Puis on a tranquillement pris la direction de chez Rémi. C'est alors que j'ai entendu le son de la voix de P'tit Louis pour la première fois. Il a pris un ton sentencieux pour nous dire :

— Vous voyez, la petite blonde bien sûr elle, eh ben… elle aurait pas besoin de me supplier.

Rémi lui a posé les mains sur les épaules :

— Je te croyais marié, l'animal !

— Ouais, mais je sais pas pourquoi, ma fendue, elle me fait l'hôtel du cul tourné.

— Parce qu'elle ne sait pas que t'es un héros.

— S'il faut attendre la fin de la guerre pour qu'elle le sache, j'suis pas sorti d'affaire, pas vrai ?

On a tous souri, soulagés, même si à aucun moment nous n'avions vraiment eu peur. Je me sentais léger.

P'tit Louis et Paul nous ont déposés au bas de la colline, au même endroit que la veille. Nous avons déjeuné d'une conserve entre deux apparitions de la mère de Rémi, proche et tellement lointaine. L'après-midi s'est écoulé comme un jeudi d'écolier. Nous avons joué aux cartes, écouté la TSF cachée dans une dépendance. Rémi m'a demandé si je savais monter à cheval. Je lui ai répondu que j'avais déjà enfourché une statue. Mais de vrai cheval, avec des allures, jamais.

— Alors il te reste deux heures pour apprendre à galoper comme un cosaque, m'a-t-il lancé avec le sourire des braves que rien n'impressionne. Demain, après l'attentat, tu rejoindras ta prochaine planque à cheval, par un chemin qui court jusqu'au bout de la chaîne de collines. Par là, on ne risque pas de rencontrer l'ennemi. Et si c'est le cas, on les sèmera. Je t'y conduirai et je reviendrai avec les deux chevaux.

Je l'ai questionné sur le déroulement de l'opération.

— À huit heures, on te déposera à ton poste de tir en haut de la route. L'homme prend ce virage tous les matins de la semaine entre huit heures quinze et la demie. C'est un long virage qui se termine en épingle à cheveux. Dans l'épingle, on ne peut pas dépasser le trente. Avec des jumelles tu l'auras vu arriver depuis le haut de la côte. Ça te laisse une bonne minute pour lâcher les jumelles et ajuster ton fusil. D'où tu seras posté, tu ne peux pas le manquer. Tu vises le pare-brise à droite. Avec la chevrotine qui part en entonnoir, il sera forcément touché. Sinon, comme il ne verra plus rien à travers la vitre, il sera obligé de s'arrêter. À ce moment-là tu descends sur la route et tu fais feu une deuxième fois. J'insiste, ne quitte pas l'endroit avant d'être certain qu'il soit raide mort. Ensuite, tu plies ton attirail en t'assurant que tu ne laisses rien traîner, pas même un bouton de guêtre, et tu rentres ici par le sentier. Je serai de retour environ une heure après toi. Une équipe sera chargée du nettoyage. Ramasser la voiture et faire disparaître le corps. C'est pour ça, vise bien le pare-brise et épargne le moteur. C'est une traction, on va la récupérer pour le réseau. Tu verras, ça va se passer comme à la vogue.

La nausée m'a pris, pour ne plus me quitter. J'allais commettre un meurtre, de sang-froid. Ôter la vie à un inconnu dont je ne savais rien. Ni de son histoire ni de ses fautes.

J'accompagnais de temps à autre mon père à la chasse, en Bourgogne, chez mes grands-parents. Je n'avais jamais pu tirer. Pas même un oiseau. C'était une contrariété pour mon père, qui me reprochait ma mièvrerie. Mais je n'ai jamais cédé. Un jour il a tiré un colvert qui est tombé à mes pieds. Touché à l'aile, mais vivant. Mon père m'a ordonné de l'achever. J'ai fini par le faire. D'un coup de talon sur la tête. Et je me suis senti misérable.

Rémi, qui était un garçon fin derrière sa façade

de bretteur, a compris que cet acte ne serait pas sans conséquence pour moi, alors il a ajouté :

— Si tu ne fais pas disparaître cet homme, demain, après-demain, ou plus tard, P'tit Louis, Paul, moi, toi, on y passera. Et souviens-toi qu'une guêpe à moitié morte pique encore.

Je le savais, mais ça ne parlait qu'à mon cerveau.

La leçon d'équitation qui s'ensuivit ne manqua pas de saveur. Calée entre un braquage et un assassinat, on aurait dit la dernière et futile leçon de danse d'un roi avant son exécution capitale. La bête, un Normand de plus d'un mètre soixante-dix au garrot, avait un œil blanc qui en disait long sur sa duplicité. Rémi avait beau m'expliquer que mes petites mains d'intellectuel de banlieue pouvaient parfaitement maîtriser sa tête qui pesait un bon quintal, tout cela restait bien théorique pour moi. Au pas, le cheval me tirait vers l'avant me donnant la grâce d'une lavandière accroupie à frotter son linge. Le trot tassait mes vertèbres jusqu'à les souder. Au galop, j'avais la sensation de chevaucher un sous-marin alternant plongées et immersions périscopiques. Jusqu'à la chute. Une bonne dizaine de fois. J'ai tout de même fini par me maintenir sur l'animal à toutes les allures. Alors on a continué pendant une bonne heure pour fatiguer le cheval, dans la perspective du lendemain.

Je n'ai pas dormi. J'entendais chaque heure son-
née par une horloge ancienne au tintement cuivré.
Au petit matin, nous étions deux. Mon ventre,
menacé de météorisme par la peur, et moi avançant comme un automate. La traction est apparue
à l'heure prévue. Elle roulait doucement. L'homme
qui la conduisait, engoncé dans un costume croisé,
semblait paisible. J'ai posé les jumelles, tordu de
douleurs abdominales. Il a disparu, puis réapparu,
freinant au maximum pour enrouler l'épingle à
cheveux. J'ai appuyé sur la détente. Dure. Une
seconde fois, le coup est parti en me démontant
l'épaule. Le pare-brise a explosé sous la décharge de
chevrotine. La voiture a continué quelques mètres
avant de s'immobiliser sur une butte en terre. J'ai
dévalé sur la route. L'homme se tenait debout,
chancelant, appuyé sur le capot. Il s'est retourné,

m'a regardé les yeux exorbités. Son visage était celui de Rémi dans vingt-cinq ans. J'ai tiré une seconde fois. Dans la tête. Ce qui restait de sa face est tombé contre terre, entraînant son corps désarticulé. Il ne bougeait plus. Je suis remonté ramasser mes jumelles. Un liquide chaud me coulait le long des cuisses. Je m'étais pissé dessus. Je venais de tuer un Français. Je suis remonté jusqu'à la maison, traînant les pieds tel un vieillard à l'hospice.

La mère de Rémi m'attendait sur le perron. Elle ne m'a rien demandé. Sans un mot, nous avons caché le fusil. J'ai rejoint ma chambre de fortune. Pour me laver. J'ai refait mon paquetage avec la précision d'un maniaque qui donne de l'ordre aux choses pour fuir sa propre confusion. Je me suis assis sur le bord du lit, la tête entre les mains. J'ai entendu le pas de la mère de Rémi dans l'escalier. Elle est entrée dans la pièce et s'est assise à son tour :

— Rémi ne viendra pas comme convenu. Il est préférable que vous partiez seul. On vous a préparé un cheval. Dans une fonte, vous trouverez une carte. En suivant le sentier de la crête, vous ne pouvez pas vous tromper, c'est tout droit. Vous trouverez, à deux heures d'ici, un refuge en pierre. Vous laisserez votre cheval attaché à un anneau. On viendra vous récupérer demain matin. Toujours le même mot de passe. Avez-vous d'autres questions?

Je l'ai regardée longuement dans les yeux sachant que je ne reverrais jamais ce noble visage.

— J'ai une dernière chose à vous demander. Mais c'est indiscret.

— Dites.

— Le père de Rémi, votre mari, vit-il toujours?

— Il est mort. Le matin de Noël 1934. À l'heure où les enfants ouvraient leurs cadeaux, il s'est jeté de sa chambre, par la fenêtre. Ne me demandez pas pourquoi. Nous n'en savons rien.

Nous avons entendu une énorme explosion dans la vallée. Son visage est resté impassible.

— Allez, il est temps que vous partiez.

Je suis monté à cheval, le même que la veille. Pris de dégoût pour moi-même, la peur m'avait quitté. L'animal l'a senti et comme Rémi me l'avait appris, j'ai avancé la jambe pour le mettre au galop. Sans bottes, les étrivières n'ont pas été longues à me lacérer les mollets. J'ai piqué des deux pour écourter mon calvaire.

C'était une belle matinée de novembre, fraîche et lumineuse. La nature réchauffée par le soleil d'automne lâchait de furtifs effluves de fermentations qui se mêlaient à l'odeur âcre de la sueur de ma monture. Je ne pensais à rien. Pour éviter de m'entraîner dans des discussions sans fin avec moi-même. Mais collé comme une affiche au fond de ma conscience, le visage hébété de ma victime ruis-selait du sang de l'absurde. Alors je me suis dit que je n'avais qu'une façon de m'en sortir. Me consi-dérer comme un militaire aux ordres de l'armée clandestine. Ne jamais me retourner sur mes actes, me contenter de les exécuter.

J'ai trouvé le refuge sans difficulté. Comme prévu, je n'avais croisé âme qui vive, au plus un coq faisan qui non content d'arborer des couleurs de carnaval chantait à tue-tête. J'ai envisagé de le serrer pour mon dîner mais il fallait descendre de cheval et je n'avais pas la certitude que le bestiau me laisserait remonter. Plantée au bord du che-min, la cabane, d'une propreté étonnante, était entretenue comme une relique par des bergers qui devaient l'utiliser au temps de la transhumance. Table et lit taillés dans des troncs d'arbre étaient fixes. Une paillasse servait de sommier. Du petit bois mis à sécher près de la cheminée en pierre attendait pour allumer le feu. Je regardais le ciel, étonné qu'un même jour on puisse contempler les étoiles et tuer un homme de sang-froid.

Deux types sont venus me chercher peu avant le lever du jour. Deux bonnes têtes de prolétaires avec le nez rouge de ceux dont le foie ne sait plus quoi faire de son vin. Deux estafettes du réseau qui allait désormais me prendre en charge. Pendant les six mois qui ont suivi, je n'ai jamais dormi deux jours de suite dans le même lit. Dans les premiers temps j'ai continué mon boulot de collecteur de fonds. Une banque, une poste, une trésorerie, enfin tout ce qui de près ou de loin recelait des billets de banque. Une bande d'anarchistes bien organisés qui dépouillaient le bourgeois. Mes trois acolytes étaient des gros bras. Un marxiste pur et dur qui aurait tué sa mère pour que vienne enfin la dictature du prolétariat. Un ouvrier agricole, capable de tuer un bœuf d'un coup de poing au milieu du front, et un bistrotier pour qui la guerre n'était qu'une parenthèse entre les casses passés et ceux à venir. Mais la Gestapo, aidée par le gendarme français toujours prêt à rendre service, était sur nos talons. Jusqu'au jour où les trois gars qui opéraient avec moi ne sont pas venus à un rendez-vous. Ils devaient me prendre avec leur traction devant la cure de l'église d'une grosse bourgade. J'ai attendu une demi-heure. Il était convenu entre nous qu'au-delà de ce délai, on se dispersait. La panique m'a envahi. Pas par peur d'être dénoncé et arrêté. Mais parce que, pour la première fois depuis mon saut improvisé dans la clandestinité, la machine qui se comportait jusqu'ici comme un mouvement d'horlogerie se déréglait. Ceux qui m'avaient déposé à cet endroit le matin ne risquaient pas de venir me chercher avant de longues heures à condition qu'ils sachent et que le quadrillage du canton ne soit pas déjà en place. De grosses gouttes de sueur coulaient le long de mes mains moites. J'étais pris dans la nasse comme un homard distrait. Le cloisonnement opérait contre moi. Impossible de retourner d'où je venais. Et je ne savais où aller. Et plus je tournais en rond, plus j'avais l'impression d'être surveillé, plus je voyais dans le regard des autres celui d'un indicateur. Il s'est mis à pleuvoir. De grosses gouttes plates qui martelaient crescendo comme les applaudissements d'une ovation debout. Je tournais en rond, autour de l'église m'abritant sous ses contreforts dont chaque sculpture me sautait au visage telle une apparition satanique. Plus je tournais, plus je me sentais observé. Brusquement, une porte de côté s'est ouverte. Celle qui donnait sur la sacristie. Une main de fer m'a tiré à l'intérieur en refermant l'énorme porte en chêne d'un seul coup d'épaule. Un Quasimodo en soutane se tenait devant moi. Une tête de démon, une carrure de fort des halles. De grosses lèvres qui abritaient des dents irrégulières et gâtées. Je n'avais jamais mis les pieds dans une église. Pas même aux enterrements de famille où mon père refusait de se rendre à la cérémonie religieuse. Mon père n'avait aucune tolérance pour l'opium du peuple. Du coup on était les premiers au cimetière et on subissait le regard foudroyant des bigots qui accompagnaient le cercueil, comme si on offensait le mort.

Une voix de stentor s'est élevée :

— Désolé de vous avoir fait attendre, j'ai attendu que personne ne vous regarde pour vous happer.

Il m'a tendu un gros drap beige qui sentait la poussière.

— Pour vous sécher. N'allez pas attraper la

mort alors qu'ils sont si nombreux dehors à vous la souhaiter.

Pendant que j'épongeais le jus qui ruisselait sur mes cheveux gras, il a repris :

— Le grain de sable s'est installé dans le rouage. Je suis certain que vous avez pensé que vous étiez perdu. Notre Seigneur en a décidé autrement. Tenez ! Asseyez-vous, je vais vous conter une histoire. Celle d'un enfant autiste allemand qui n'a jamais parlé depuis sa naissance. Mais un jour, à dix ans passés, l'enfant prononce quatre mots d'affilée : « La soupe est froide. » Les parents consternés demandent à l'enfant pourquoi il s'est subitement mis à parler après tant d'années de silence. Alors l'enfant répond avec le même ton monocorde et guttural : « Parce que jusqu'ici, tout était parfaitement organisé. »

J'ai ri à son histoire et il a poursuivi :

— Au moment où je vous ai ouvert la porte, j'ai senti que ces mots « la soupe est froide », étaient au bord de vos lèvres. C'est un jour important pour vous. Le petit braqueur anonyme prend du grade. Les Allemands sont persuadés que vous êtes quelqu'un d'important dans la coordination des réseaux de cette partie de la France. Ils ont tort. Pour le moment. Vous ne pourrez pas quitter la ville avant plusieurs jours. Vos camarades viennent d'être arrêtés. Il faut compter deux ou trois jours pour savoir s'ils auront parlé sous la torture, et quelles en seront les conséquences. J'étais en charge de votre repêchage. Nous nous préparions à vous faire monter en grade. Si l'on parvient à vous faire sortir de cette ville sinistre, vous allez devenir le trésorier de notre région. Je crois que c'en est fini des fric-frac à la petite semaine. Les Anglais vont nous faire parvenir de quoi alimenter nos besoins à travers la Suisse. Vous allez prendre en charge le passage des fonds. Et leur distribution. Mais en attendant, il faut faire le dos rond. Je vais vous cacher ici pendant quelques jours, le temps que l'effervescence retombe. Le presbytère est trop risqué. Vous allez résider sous la nef. Un caveau médiéval, sombre et mal ventilé. Mais personne ne viendra vous chercher sous cette dalle de marbre. Il n'existe qu'un mécanisme pour la soulever. Dans une crypte au fond de l'église. Alors priez mon fils, pour qu'ils ne m'emmènent pas. Je vous imagine mécréant. Mais dans votre position, la prière n'est pas d'un grand coût. Je ne pense pas que vous aurez à y passer plus de trois jours, plaise à Dieu que l'enquête des Allemands ne prenne pas plus de temps. Sait-on jamais, rien ne dit que vous ne sortirez pas de cet antre transporté par la foi.

Je n'ai jamais vécu si loin du ciel. Le curé

m'avait laissé un chandelier à cinq branches, un missel pour toute littérature, un coussin de prélat comme oreiller et une couverture aussi rêche que la toile d'un sac à patates. Sans montre et sans lumière naturelle, je n'avais plus rien pour me rappeler que la Terre est ronde. J'avais des provisions pour trois jours. Pain, fromage sec et rance, vin de messe. Plus près de l'enfer que de Dieu, j'ai prospecté la catacombe. Quelques ossements épars, enfoncés dans la terre meuble, semblaient voués à l'existence éternelle affichant la supériorité de l'ivoire sur les parties molles. J'ai beaucoup dormi, profitant de mon inactivité forcée. Comme j'étais déjà dans la tombe, je me suis détendu.

À vivre dans le silence des morts, l'oreille s'aiguise aux sons lointains du dehors. J'entendais bien quelques pas de temps à autre. Des fidèles qui venaient prendre un peu de force. Je n'avais pas eu le temps de bien voir l'église. Elle sentait comme ces maisons de campagne qu'on ouvre après un hiver sans chauffage. Une odeur de fond d'armoire ancienne. Un endroit sinistre. Plus fait pour geindre et se lamenter que pour rire. On devait y passer plus de temps à se foutre la trouille qu'à plaisanter. Un peu comme aux réunions de cellules du Parti. Je comprenais maintenant pourquoi mon père riait si peu. Parce qu'il avait des convictions.

Et que le rire sème le doute. Je me suis fait alors une profession de foi. Si je sortais de cette caverne, consacrer ma vie au rire. Mais à ce moment-là, au bruit métallique qui frappait le marbre comme un marteau l'enclume, j'ai compris qu'on s'agitait au-dessus et que le bruit des bottes des nazis remplaçait celui des souliers des fidèles. S'ils emmenaient le prêtre, c'en était fini. J'allais m'éteindre comme une flamme privée d'air. La mort et moi, avons vécu ce moment côte à côte, en bonne intelligence. Les fers qui martelaient le sol se sont éloignés pour laisser place à un trop-plein de silence. Qui a duré des heures. Puis la dalle s'est soulevée. S'ouvrant sur le large visage du curé :

— Ils sont venus me voir. Ils ont fouillé à titre conservatoire. Ils n'ont rien trouvé. Nos trois amis n'ont pas parlé. Un officier m'a demandé de venir les assister pour leur exécution qui aura lieu sur la place du marché dans une petite heure. Je crois qu'ils vont les pendre. Ils pressent la population d'assister à leur mise à mort. Pour l'exemple. Il me faut un bedeau pour ce triste office. Vous m'assisterez. Ensuite, au prétexte que je dois faire la tournée des mourants qui attendent l'extrême-onction, nous quitterons le canton et je reviendrai seul. Profitez-en, l'habit fait encore le moine, mais j'ai cru entrevoir, derrière leur regard inquisiteur, qu'il n'y en avait plus pour longtemps.

Déguisé en sacristain, j'ai suivi le colosse jusqu'à la place du marché. Un charpentier finissait de hisser la troisième potence sur une estrade qu'on ressortait à l'occasion des fêtes votives. Les habitants de la ville avaient été conduits de force sur les lieux du sacrifice. Ce qu'on lisait sur leur visage, c'était l'effroi ; mais aucune compassion. Les trois condamnés, les bras attachés dans le dos, ont été jetés d'un camion bâché. Si je n'avais su qu'il s'agissait là de mes camarades, je n'aurai pu en reconnaître aucun. Leurs traits tuméfiés avaient doublé de volume, et la peau éclatée virait au noir.

Le prêtre s'est approché d'eux pour les bénir. À chacun, il a ajouté à voix basse : « Vous n'avez pas fait ça pour rien, on ne vous oubliera pas. » Un soldat allemand est venu leur coller une pancarte autour du cou sur laquelle il était écrit en rouge : « Terroriste ». Puis il leur a attaché la corde autour des pieds. Ils ont été hissés, tête en bas. Un officier est alors monté sur l'estrade. Il a sorti un couteau et leur a tranché la gorge, l'un après l'autre en évitant de se faire arroser par le jet de sang qu'il libérait. Puis il a rendu la lame à l'un de ses sbires. Mes trois compagnons se vidaient comme des lapins de ferme. Il n'y avait aucune haine dans le regard de l'Allemand. La satisfaction du travail bien accompli. Pour les Allemands, ces gars-là n'étaient pas des hommes, de simples terroristes. D'où la difficulté de les faire mourir en hommes. Alors pourquoi pas en lapins ?

De ce jour funeste, je me suis promis de me battre pour cette dignité du dernier instant, des fois que je ne serais pas capable de sauver ma peau.

Le ciel était noir. Les nuages pleins à craquer, comme s'ils retenaient leurs larmes.

Nous avons quitté la scène pour rejoindre les mourants de mort naturelle. Deux extrêmes-onctions au bout du canton, là où on devait me prendre en charge pour la suite. J'ai demandé au prêtre si l'on pouvait me faire suivre mes affaires. Sinon, au moins le tricot de ma mère.

J'ai recommencé à changer de maison tous les jours. J'étais devenu un nomade. Habitué à entrer sans un mot chez les gens. Juste une phrase codée. On était passé du « grand soir » à « la soupe est froide ». La toile se tissait. Les désertions du Service du travail obligatoire gonflaient les rangs. En tout cas, c'est ce qu'on me disait. Les mouvements se coordonnaient. La preuve, c'est que je croisais autant de grands bourgeois et de curés que de prolos. De toute façon, la politique ne m'intéressait pas. Gaullistes ou cocos on n'avait pas de grandes chances de s'en sortir. Si encore les Allemands avaient été seuls. Mais ça fleurait tellement la guerre civile. La France se divisait en trois tas inégaux. Le plus gros, celui de ceux qui pensaient qu'il était urgent de ne pas se faire remarquer et qui s'affairaient comme des petits mammifères à l'approche des grands froids. Un tas moins gros de gens polis, qui savaient recevoir et qui trouvaient seyante la mode des invités. Qui prenaient un certain plaisir à nous passer à la question et nous finir au grand ball-trap organisé en l'honneur des Allemands. Le plus petit tas, c'était nous. Une armée de va-nu-pieds qui errait dans les sous-bois dans une rumeur grossissante en plantant des banderilles là où il aurait fallu un épieu.

J'ai vite su qu'on ne s'en sortirait pas seuls. Sans l'aide des étrangers, on n'entendrait bientôt plus que notre râle d'entre les monts et les collines.

Les quatre mois qui ont suivi, je me suis occupé de récupérer les fonds que les Anglais mettaient à notre disposition à travers la Suisse. J'ai d'abord fait le passeur. Une tâche de forçat. Gravir la montagne, les bronches en feu, sous la pluie, dans le froid et le brouillard sur des sentiers impraticables si l'on veut qu'ils restent méconnus. Attendre le correspondant. Redescendre des pentes luisantes, une valise à la main, avec, en bruit de fond, le

84

jappement obsédant des chiens de patrouille. Et la crainte de cette piqûre de frelon qui suit les détonations et vous envoie au-delà d'un monde dont on n'a connu que la face la plus noire. Pour déjouer le flair acéré des chiens, mon commanditaire m'avait donné l'astuce : marcher dans les cours d'eau jusqu'à ce que mon odeur se perde dans le remous. Chaque fois que ma route croisait un ruisseau, je le remontais sur une cinquantaine de mètres avant de reprendre mon chemin sur le sec. L'eau se mettait ensuite à geler dans mes chaussures, se refermant sur mes pieds comme un piège à loup. Plusieurs fois j'ai pensé que je finirais amputé tels ces alpinistes qui se martyrisent pour rien. Mais l'envie de vivre était plus forte que l'appétit de la gangrène.

Après une vingtaine d'escapades réussies, l'organisation m'a demandé de m'occuper de la répartition des fonds selon la méthode habituelle de la cloison étanche. L'échec au jeu de piste. Il fallait encore une fois que le meilleur limier du monde perde ma trace, reste en arrêt sur les berges d'une rivière dont le flot effaçait mon odeur. C'était la première fois qu'on me demandait plus d'intelligence que de dévouement. J'étais devenu le trésorier-payeur.

En continuant à changer de résidence tous les

jours, j'alimentais les bonnes volontés du nerf de la guerre, pour leur permettre de passer de l'escopette au fusil d'assaut et de transformer la jacquerie en une bande organisée. Je recevais les fonds à un endroit toujours différent. Je les restituais à un autre endroit, toujours différent. La nature avait contribué à faire de moi un monsieur Tout-le-monde, alors je m'en servais, sans exagérer. Car à paraître trop commun on finit par attirer l'attention. J'étais recherché. Activement, à ce que disaient nos indicateurs qui le tenaient de collabos qui ménageaient l'avenir, sentant qu'un jour, les masques pourraient tomber. Ils avaient soi-disant une description de moi, mais pas de photo. Mais ils me pistaient. Ils débarquaient dans des endroits qui m'avaient servi de planque quelques jours plus tôt. Au début c'était avec quatre ou cinq jours de retard. Puis nous sommes passés à trois. Lorsqu'ils ont perquisitionné dans mon meublé de l'avant-veille, on m'a fait savoir qu'il était temps de changer de région. Mais il me restait une livraison. Dans une grande ville, un chef-lieu de département et il me tardait de me fondre dans une métropole après des mois de campagne forcée, cette colonie de vacances qui n'en finissait pas. Alors je me suis habillé pour la grande ville. Ma mallette renfermait plus de billets qu'il n'en fallait pour faire vivre un maquis plus de six mois en mangeant fromage et dessert. Je suis descendu dans une grande gare. J'avais la mine d'un intellectuel bigleux — lunettes rondes double foyer —, qui surveille ses pas par peur de ne pas les voir se succéder. Sorti de la gare, mon contact m'a fait savoir que ça risquait de barder à l'endroit de la livraison. Qu'il était plus prudent d'attendre le lendemain, dans un hôtel qu'il m'indiqua. Pour la première fois je ne dormais chez personne. Puis m'est venue l'envie d'une récréation. Ces mois, ces années à croiser des gens, sans pouvoir se lier pour préserver l'étanchéité, à entrevoir des filles, des femmes qui me rangeaient dans des caves, des combles, sous des trappes comme une bombe à retardement, m'avaient donné la nostalgie du temps qui passe, de ces deux ans bientôt qui me séparaient de mes vingt ans, de cette jeunesse qui se consumait comme un mégot délaissé dans un cendrier. Après un bref dialogue avec ma conscience qui tourna à mon avantage, je décidai de ponctionner le trésor de guerre d'une somme dérisoire mais suffisante à m'assurer une nuit de rêve. J'ai fait la tournée des grands-ducs. Après m'être fait refuser par deux grands restaurants sur ma mise trop commune, le troisième fut le bon. Un décor Belle Époque, qui rappelait que l'Europe en avait connu une. La guerre s'arrêtait là. L'endroit rappelait le soulagement que procure la chasse au dérisoire, lorsque les convictions cèdent au régal des sens. Le maître d'hôtel m'a installé à une table isolée dans un coin qui ressemblait à un wagon de première classe. Des lampes tulipes diffusaient une lumière jaune qui venait s'échouer sur des murs lie-de-vin. L'odeur qui s'échappait des cuisines me maintenait en sustentation. J'ai scruté la carte ligne par ligne en jetant après chaque plat un œil distrait sur la salle et ses occupants qui se déplaçaient comme des ombres irréelles. La nécessité faisant loi, ils déballaient sans pudeur leur inclination au compromis qui leur permettait de vivre sans rupture avec le monde d'hier. Ou d'y accéder pour ceux qui se servaient de la guerre comme d'un ascenseur. Dans ce monde aux antipodes du mien, je me sentais bien. Un « communard », vin rouge et crème de cassis, m'avait installé parmi les anges. Je ne pensais à rien. Je n'avais peur de rien. Je dégustais mon bien-être. Je n'imaginais pas qu'on puisse venir m'arrêter dans cet endroit de plaisir, alors que je communiais peut-être avec ceux qui venaient chercher l'instant réparateur d'une journée passée sur mes talons. Car ils me croyaient important. Leur paranoïa faisait d'un obscur caporal un général d'armée. Ou alors tout était fait, là-haut, pour me donner une importance telle que ma disparition prochaine desserre l'étau. Pour le moment, leur compagnie m'allait bien. J'ai pris de grosses huîtres charnues en entrée. Deux douzaines avec un accompagnement d'échalotes et de vinaigre. Puis une dorade en croûte de sel. J'ai fait le trou normand avec un vieux calva. Puis un chapon rôti. Le tout arrosé de deux bouteilles de côtes chalonnaises. Un repas de mousquetaire. Que j'ai été discrètement vomir dans les latrines avec la distinction d'un empereur romain victime d'un œsophage rétréci par des années de pommes de terre à toutes les façons.

La mort qui rôde aiguillonne le désir. Dont la finalité primitive est de donner la vie. Trop ivre pour faire le lien, j'ai bravé le couvre-feu pour rejoindre un claque qui m'avait été recommandé par le maître d'hôtel. Une fois rendu, impossible de faire demi-tour avant le lever du jour. L'établissement sentait le parfum bon marché. Une clientèle d'officiers subalternes et d'auxiliaires français de la même engeance. J'ai fait le difficile en refusant les trois premières filles qui m'ont été proposées. Elles sentaient la poissarde et le travail aux pièces. La mère maquerelle ne m'avait pas vraiment à la bonne mais pendant que je faisais le difficile, elle faisait du chiffre, à coups de verres d'un champagne qui n'en avait que les bulles. La nuit passant, le cheptel s'est regroupé. J'ai visé une fille de mon âge. Une petite qui semblait perdue avec une poitrine de nourrice. Elle avait un beau sourire. Presque innocent. Elle m'a demandé si j'étais de la Milice. J'ai fait l'important qui soigne son anonymat. Une fois déshabillée, j'ai posé mon oreille sur son coquillage, comme si je cherchais à écouter la mer. Elle ne disait rien. J'avais le vin triste. Elle avait d'aussi belles fesses que ses seins. Rare que la nature soit aussi conciliante. D'habitude c'est soit l'un soit l'autre. La mère maquerelle qui devait être rivée sur son sablier a trouvé que j'avais dépassé mon temps. Alors j'ai sorti le grand jeu. J'ai lâché une liasse de billets pour le prix de ma tranquillité jusqu'à l'aube. Elle a cédé de mauvaise grâce. Je suis resté seul avec la fille, dernier client du lupanar. Elle s'appelait Lucie. Quand est venu le moment du petit cadeau, elle l'a décliné pour me montrer qu'elle avait passé un bon moment, en dehors de tout.

Au petit matin, j'ai regagné l'hôtel. J'ai livré les fonds amputés de mes frais sans aucun remords. Il pleuvait. La pluie presse les gens. Au point de parler de précipitations. Avec le tricot de ma mère et quelques effets, j'ai suivi mon contact, le premier d'une chaîne qui allait me conduire dans l'Ouest pour faire du renseignement. Avec le hasard pour compagnon. C'est le hasard qui a fait dériver notre embarcation lors du passage de la Loire, pour nous échouer en pleine nuit devant un poste allemand. C'est aussi lui qui a voulu que la sentinelle soit endormie, bercée par le vin de cette même Loire. Des dizaines d'heures de marche sur des sentiers muletiers pour éviter les routes et les barrages. Ampoules d'usure et petits champignons s'épanouissaient sous mes chaussettes. Des nuits passées dans des granges, des cabanes de pêcheurs d'eau douce.

Lorsque l'accent de mes compagnons de fortune qui se succédaient à chaque étape s'est mis à chanter, j'ai su que j'avais fait plus de la moitié du chemin. Nous avons atteint le bout du parcours deux jours après. J'avais l'air d'un loqueteux, sans le visage éclairé des pèlerins qui touchent à Compostelle. Fatigué. Lassé de ces pieds enflammés. De cette crasse qui faisait cotte de mailles. Lassé de cette guerre sans uniforme ni position. Épuisé par cet ennemi diffus qui me traquait comme un leurre. J'aurais bien déserté, pour reprendre mes études, sagement. Rester assis des jours entiers, passif, à me faire distiller le savoir des autres. Rentrer chez mes parents, en face de l'hippodrome. Traverser pour siroter des Suze cassis en fumant des anglaises. Laisser au dérisoire la place qui lui revient.

Après des semaines à battre la campagne, j'étais soulagé d'échouer dans une grande ville. Une cité bourgeoise, rectiligne et figée comme ces métropoles de l'Ouest dont le commerce et le vin ont fait la richesse. Les camarades qui avaient assuré le dernier relais m'ont lâché dans l'arrière-salle d'un bistrot comme on jette une pelisse sur un portemanteau. Le patron devait en être parce qu'il m'a apporté un blanc limé sans rien me demander. Avec un journal local où seuls les chiens écrasés devaient l'être pour de bon. Tout le reste suait le mensonge et la propagande. Je suis resté ainsi une bonne heure à tenter de lire entre les lignes, à la recherche d'un signe d'affaiblissement de nos ennemis. Leur baromètre semblait coincé sur le beau fixe.

Avec ma mine d'ouvrier saisonnier recouvert d'une saleté qu'aucun maquillage ne pourrait rendre, personne ne s'intéressait à moi. Le patron qui faisait son effort de guerre me rinçait à l'œil. Si le créateur ne lui avait pas infligé l'absurde, l'homme n'aurait eu aucune raison d'inventer l'alcool. Fort d'une bonne conscience à bon marché, j'en ai profité.

J'étais près de m'effondrer lorsqu'une femme plutôt grande et belle pour l'endroit est apparue dans l'encadrement de la porte. Sans me laisser le temps de la détailler, elle s'est assise en face de moi :

— Bonjour, finissez votre verre et on lève le camp.

Elle parlait comme un message enregistré. Elle m'a glissé une enveloppe dans la manche avant de poursuivre à voix basse :

— Vos nouveaux papiers. Vous vous appelez Gabriel Demons. Étudiant en droit. Orphelin de père et mère, élevé par ses oncle et tante qui portent le même nom à Issigeac en Dordogne. Votre inscription à la faculté remonte à 1941. Vous finissez votre deuxième année. À partir d'aujourd'hui, personne d'autre que moi ne doit vous contacter. On se verra deux fois par semaine. On ne vous connaîtra dans l'organisation que sous le nom de Baraka.

— Pourquoi Baraka ?

— Parce que vous avez eu beaucoup de chance jusqu'ici. Beaucoup plus que vous ne le croyez. À partir d'aujourd'hui vous êtes quelqu'un de complètement neuf. Un vent de sable a soufflé sur vos traces.

Je me sentais pitoyable avec mes cheveux gras, mes cernes de mineur de fond et cette odeur de transpiration séchée que j'essayai de maintenir contre moi en évitant de bouger. Elle me regardait sans me voir. J'observais ses mains allongées, sa peau mate blanchie de fatigue, ses cheveux noirs indisciplinés comme du crin. Son visage insaisissable au premier regard.

Nous avons quitté le bistrot par l'arrière-cuisine. Elle m'a conduit jusqu'au centre de la ville, dans une impasse tranquille qui ne semblait pas plus émue de l'Occupation que de la fureur des Jacobins un siècle et demi plus tôt. C'était une ruelle au pavement arrondi qui finissait sur le mur d'une maison de maître. Juste avant ce bâtiment, sur la droite, se trouvait un immeuble de cinq étages, chapeauté d'un bandeau mansardé. La chambre sous les combles était à l'usage de la bonne de l'appartement du troisième. La guerre venue, les propriétaires avaient jugé bon de transformer la commodité en loyer. Un supposé parent m'avait précédé pour déposer la caution et un trimestre d'avance. Les clés étaient déposées chez la concierge. Qui ne dérogeait pas à la règle. L'œil inquisiteur de l'auxiliaire de préfecture qui donnerait le monde pour une tranche de saucisson d'âne.

Mon accompagnatrice m'a laissé monter le premier. Elle m'a suivi quelques minutes plus tard, sans que la concierge ne s'en étonne car deux jours par semaine elle était la gardienne des enfants de mes propriétaires. Le mercredi et le samedi. Nos jours de contact pour les semaines à venir. À sept heures du soir.

Elle m'indiqua que l'impasse dans laquelle se trouvait l'immeuble n'était qu'apparente. Qu'en longeant le couloir de la mansarde, on rejoignait par une porte dont elle me donna la clé, l'escalier de service de l'immeuble contigu, qui donnait sur une large avenue passante. Ma mansarde était notre point de rendez-vous. Sitôt son gardiennage terminé, elle devait descendre par l'escalier principal. Puis me rejoindre par la cage de service. La pièce était rudimentaire mais propre. Un lit, une table, un lavabo qui chantait l'eau froide. Une ouverture ouvragée sur le ciel. J'aimais déjà cet endroit qui flattait ma nature casanière. Plus d'arrivées tardives, de départs matinaux vers l'inconnu. Le cheval retrouvait sa paille.

Elle s'est assise à califourchon sur l'unique chaise. Pendant que je testais les ressorts du lit qui gémissaient de rouille. Elle parlait sans faire cas de moi. Elle prêchait, maintenue en sustentation par sa cause qui était la nôtre. Elle devait être mon aînée. De trois ans au plus. Elle semblait en guerre depuis bien plus longtemps que moi. L'Espagne était passée par là. Peut-être. Un accent à peine perceptible pouvait le laisser croire.

— Pour les quelques semaines à venir, vous allez vous occuper de recrutement. Ensuite on avisera. Un travail simple. Recruter une ou deux putes, prêtes à nous rejoindre pour continuer leur travail.

La crudité de son langage m'a donné l'occasion de marquer mon territoire.

— Je ne crois pas qu'en les traitant de putes vous allez faciliter leur adhésion à notre cause.

Elle s'est adoucie pour continuer.

— Nommez-les comme vous voudrez. Prostituées, péripatéticiennes, commerçantes de chair, mais il nous en faut une au moins pour monter notre prochaine opération. Elle sera payée bien entendu.

— Puis-je en savoir plus ?

— Pas à ce stade, m'a-t-elle répondu sèchement.

— Et pour le recrutement, je me débrouille comment ?

Elle m'a regardé comme un prof à qui l'on pose une question triviale.

— Simplement, faites le tour des bordels, essayez d'établir une relation de confiance avec une fille. Je ne sais pas moi. De toute façon je ne peux pas le faire à votre place, alors débrouillez-vous.

J'ai profité de ce léger trépignement pour lui adresser une pique :

— Je propose une méthode qui a le mérite d'être simple. Je m'installe dans le fumoir d'un établissement de renom avec une grande pancarte sur les genoux où l'on pourra lire : « Résistance recrute pute pour coucher avec Allemands et miliciens moyennant supplément. S'adresser à l'accueil qui transmettra. » Ou alors il faudra tremper les mains dans le cambouis. Je vais devoir m'exécuter. En suivre dix, vingt ou cent dans l'alcôve pour trouver la perle rare qui acceptera de se faire débaucher, si vous me passez la formule. En avez-vous conscience ?

Elle a semblé étonnée de la question.

— Parce que vous n'avez jamais eu recours aux services d'une professionnelle ? C'est un problème éthique ou vous craignez de revenir de la mission avec des insectes épris de votre virilité.

Elle s'est levée pour couper court à ce qui ressemblait à des états d'âme. Elle a sorti une enveloppe de sa poche, l'a lancée sur le lit :

— Pour vos frais, si ça ne suffit pas, dites-le-moi. Comme convenu on se revoit mercredi à sept heures. Tâchez de faire vite. Je sais que vous êtes un habitué des escarmouches. Sachez que vous entrez dans la cour des grands. Je frapperai à la porte, trois coups rapides suivis de deux coups longs. Si je ne suis pas là à sept heures et quart, quittez les lieux. Surveillez l'immeuble pendant trois jours. Si vous ne voyez aucun mouvement, vous pouvez vous installer à nouveau. Quelqu'un viendra vous contacter avec le même code. Sinon retournez chez vous.

En sortant elle m'a lâché son nom comme une aumône : Mila.

Mila partie, j'ai vidé mon balluchon dans l'unique placard mural avec la précision de celui qui cherche à mettre de l'ordre dans ses idées. La pièce était encore pleine de cette femme étrange. Qui me demandait de coucher avec d'autres femmes, en affectant le détachement d'un gastronome en mission pour son guide.

J'ai quitté la chambre par l'escalier dérobé pour tester l'issue de secours. J'ai un peu tourné en rond avant de retrouver le bistrot de notre rencontre. Je savais le patron de confiance. Je lui ai demandé de m'indiquer un tailleur pour me faire un costume de soirée. Je lui aurais demandé de me procurer une statuette précolombienne, il n'aurait pas trouvé ma requête plus saugrenue. J'ai compris que le métier avait disparu avec les juifs. Quand je lui ai demandé une liste des bouges du canton, il a semblé moins étonné. Je suis revenu le lendemain. Il avait la liste et l'adresse d'une femme qui faisait du sur mesure. Il m'a conduit chez elle. Dans une maison sombre. C'était une femme épaisse et sans âge qui ne semblait pas devoir vieillir faute d'avoir été jeune un jour. Elle a pris mes mesures, avec l'allant d'un croque-mort. Elle a soudainement eu l'air contrariée de buter sur l'étroitesse de mes épaules au regard de ma taille. Au point de s'arrêter, embarrassée. Elle a pris le bistrotier à part. Je n'ai entendu que sa réponse à lui : «Vous pouvez lui faire confiance.» Encore un peu suspicieuse, elle m'a conduit à la cave. Dans un galetas immonde éclairé par deux chandelles essoufflées, recroquevillé sur le chas de son aiguille, un homme âgé faisait de la couture. Il a levé les yeux sur moi. À cet instant, plus qu'à aucun autre, j'ai compris pourquoi je faisais cette guerre : pour ne plus jamais croiser cette peur dans le regard d'un être humain. Le vieillard, qui connaissait son métier, n'a pas été long.

Lorsque nous avons quitté le réduit. Sans que je lui demande quoi que ce soit, la femme m'a dit d'un air emprunté : «Vous savez, chacun y trouve son compte.»

En attendant mon costume, dans ma chambre cellule, j'ai travaillé sur mon nouveau personnage. Étudiant fortuné, dandy, elliptique et lâche.

Rien ne ressemble plus à un lupanar qu'un autre lupanar. Des clients enivrés au regard gras de lubricité. Désespérés sans le savoir de rouler cette pierre au sommet de leur montagne comme un Sisyphe abruti par le mauvais sort. Sans amour, le désir est sans fin. Et le plaisir agit sur lui comme une tisane sur une maladie mortelle. Parce que la haine les privait plus que quiconque d'aimer même un peu, les serviteurs de l'ordre constituaient le gros de la troupe des forçats de la jouissance fugitive. Les filles, parées à l'abattage, ruminaient leur détresse sous des formes qui semblaient ne plus leur appartenir. Les plus endurcies géraient leur corps avec la rigueur qu'on emploie pour un petit commerce de bonneterie. Les plus jeunes ne voulaient pas croire à leur enfermement. Et se seraient laissé conter n'importe quelle histoire qui les fassent rêver un moment. On ne m'aurait rien demandé, j'y aurais tout de même pris ma part de plaisir, mais il s'agissait d'une commande. Une commande de Mila dont la beauté devenait évidente alors que son souvenir s'estompait dans ma mémoire. Cette femme était mon chef. L'ordre était l'accouplement sans répit jusqu'au succès de la mission.

Le premier mercredi où j'ai retrouvé Mila, je l'ai sentie courroucée d'apprendre que je n'avais encore aucune piste sérieuse. Froide et presque hautaine, elle m'a fait comprendre que je retardais une action d'envergure :

— Nous sommes à un tournant de la guerre. Nous devons être en place dans une semaine au plus tard. Nos commanditaires s'impatientent.

J'ai tenté de lui faire comprendre qu'on ne « retournait » pas une professionnelle en claquant des doigts :

— Ce que vous m'avez demandé ne s'accomplit pas en un jour. On ne convertit pas une fille enlisée dans la fange à une cause supérieure par un simple battement de cils. Depuis notre dernière rencontre, je passe mes nuits dans les bordels mais ça ne mord pas. Aucune des filles n'a le profil psychologique. J'en vois bien qui accepteraient de me suivre, mais aucune qui tiendrait la distance sans prendre le risque qu'un jour elle ne s'épanche pour un billet de plus. Au final, je me demande pourquoi recruter une professionnelle. Si dans notre entourage des femmes sont prêtes à donner leur vie, pourquoi ne pas leur demander de faire le sacrifice de leur corps.

J'avais pensé la choquer. Mais Mila s'est montrée telle qu'elle était. Inflexible à la cause :

— Si dans une semaine vous n'avez trouvé personne, je m'y collerai.

Cette phrase m'a fait l'effet d'une balle. Une fraction de seconde, j'ai imaginé Mila dans les bras d'un milicien ou d'un Allemand.

— Soyez rassurée, avant notre prochain rendez-vous, j'aurai trouvé la perle rare.

Il me restait deux nuits.

J'ai laissé les claques obscurs pour la lumière des ruelles de la vieille ville. Là où les marins se précipitent dès que leur bateau touche à quai. Happés par ces femmes qui ne sont plus qu'un songe lorsque les vapeurs de tord-boyaux se dissipent dans les petits matins humides. La rue descendait vers les docks en pavés glissants. J'étais l'attraction de ces dames avec mon costume de premier de la classe qui flottait comme une voile de goélette, gonflé par la brise qui remontait du port. Un phénomène au milieu de ces forts des halles aux vêtements tendus comme des cordages qui déambulaient, manœuvrant à la peine, encombrés par ces muscles qui d'ordinaire les faisaient vivre. Ils me regardaient avec la condescendance du bulldog pour le caniche de Madame. J'ai fondu sur ma proie. Une jeune fille d'à peine dix-neuf ans qui semblait s'excuser d'être là. Embarrassée par un corps sans défaut, elle se tenait en retrait sous une porte délabrée. Je devais à sa timidité de la trouver à cet endroit. Parce qu'il fallait la chercher pour la croiser. Je l'ai suivie dans un escalier aux marches usées par le milieu qui n'en finissait pas. Dans le réduit qui lui permettait d'officier, elle ne fut pas longue à me raconter son histoire. Son père était prisonnier en Allemagne depuis le début de la guerre. Du moins le pensait-elle. Sa mère en avait profité pour se faire la belle avec un petit jeune que les circonstances avaient dû enrichir prématurément. La laissant seule à son sort qui la tirait vers le bas. Elle avait un Julot qui la battait à l'occasion pour lui faire comprendre qu'il tenait à elle. J'ai posé une grosse liasse de billets sur sa table de chevet. Je lui ai caressé le bras pour lui dire que j'avais besoin d'elle. Pour servir la France en me gardant bien de préciser de quelle France il s'agissait. Je lui ai fait miroiter un avenir qui ne pouvait pas être pire que le sien. Et la libération de son père, pour le prix de sa discrétion et de son dévouement. Lorsque j'ai eu fini de faire l'important, je me suis levé pour lui faire comprendre que c'était à prendre ou à laisser. Pour toute réponse, elle m'a demandé si je pourrais l'héberger. Je n'avais pas le choix. Le temps de réunir ses petites affaires, en priant de ne pas croiser le Julot, nous avons pris le chemin de mon logement.

Arrivés dans la mansarde, je me suis senti bien embarrassé. Nous avons dormi l'un à côté de l'autre comme frère et sœur. Au matin, je suis sorti dans la rue pour lui laisser faire sa toilette. Je ne suis revenu qu'à l'heure de midi, tiraillé entre la satisfaction de mon recrutement réussi et l'inquiétude de la réaction de Mila à mon imprudence. Le samedi suivant, à l'heure de notre rendez-vous, j'ai demandé à la jeune fille qui s'appelait Agathe de me laisser du champ pour deux heures. Elle s'est éclipsée sans poser de question. Mila est arrivée à l'heure prévue. Elle semblait détendue. De la petite fenêtre, les toits avoisinants semblaient se prélasser au soleil comme des chiens couchés sur le dos aux premières chaleurs du printemps. Mila me regardait, pour la première fois. Ou pour la dernière, comme si la confidence qu'elle s'apprêtait à me faire allait sceller nos avenirs l'un à l'autre. Le chef de réseau m'avait fait sous-chef. D'une bande de pieds nickelés qui devait infiltrer cette rade d'où partaient les sous-marins allemands pour torpiller les convois alliés envoyant par le fond des bateaux par centaines. Les Anglais lassés des querelles de Gaulois entre réseaux avaient lancé leur propre organisation. C'est d'eux que venait l'argent. C'est vers eux que devaient partir toutes les informations qui permettraient à la chasse anglaise d'envoyer ces suppositoires de la mort par le fond, dès leur sortie en pleine mer. Du renseignement, rien que du renseignement. Je devais coordonner tous ceux de l'arsenal qui travaillaient pour nous. Chaque détail, chaque rumeur même la plus minime, devait me parvenir. Pour être transmise à Mila deux fois par semaine. Et la gare de triage dont je venais d'être promu chef c'était le grand café de la rade, au bout de cet univers interdit où les Allemands armaient leurs sous-marins. C'est là qu'ils passaient leur dernière nuit à terre. C'est là aussi qu'ils traînaient en attendant leur ordre de mission. C'est là enfin qu'ils mettaient pied à terre pour fêter un nouveau sursis, lorsque les bas-fonds n'avaient pas voulu d'eux et qu'ils se mettaient à rêver d'une permission en Allemagne. C'était le premier lieu civilisé au sortir d'un monde poisseux qui sentait la mer, le béton et la ferraille rongée par le sel. Mila, je ne savais comment, m'y avait fait engager comme serveur. La petite Agathe allait m'y rejoindre comme serveuse aussi, et entraîneuse à l'occasion. Nous avions déjà un type à nous dans la place. Un cuistot, chargé du ravitaillement de l'établissement. Il centralisait les renseignements donnés par des informateurs qui travaillaient dans la rade pour les Allemands. Ils ne connaissaient que lui. Et lui ne devait parler qu'à moi. Mila soupçonnait le patron de l'établissement de travailler pour la Gestapo. De les renseigner sur le comportement des marins allemands et de surveiller tous les Français de ce café qui se transformait en taudis au troisième verre de schnaps. Selon elle, deux serveuses étaient à son service. Dans cet espace clos où j'étais destiné à passer des mois, les prédateurs et leurs proies se mélangeaient dans une promiscuité qui pouvait à tout instant sombrer dans le carnage.

Pendant que Mila s'occupait à trouver un logement pour Agathe près de l'arsenal, je m'employais à faire son apprentissage, à lui apprendre ce qu'elle devait dire aux autres Français. Je nous faisais passer auprès d'elle pour une sorte de police des polices du Maréchal. L'œil suprême qui veillait pour la tranquillité du pays. J'en avais décidé ainsi, car elle ne montrait aucun don pour la duplicité. Même si elle prenait son rôle très à cœur, elle restait le maillon faible de notre organisation. Mais nous avions besoin de ces confidences recueillies auprès des marins allemands lorsque l'alcool aidant, le désir et la peur venaient à prendre ensemble la forme d'une confession du désespoir. Et dans ces moments-là, aucun secret ne pouvait tenir. Mila finit par me dire qu'un homme de la préfecture, un de nos informateurs, nous avait recommandés au gérant de l'établissement qui frayait avec la Milice, plus attaché à sa licence de débit de boisson qu'à son honneur. Le rideau allait enfin s'ouvrir sur une pièce sans spectateurs ni fin annoncée.

Le dispositif en place, il ne restait plus qu'à prier. Comme peut prier un communiste. Qu'aucun grain de sable ne vienne enrayer la mécanique de cette partie de poker menteur. Pour notre troisième rencontre, Mila ne se montra pas plus chaleureuse. Elle avait décidé d'une distance de sécurité entre nous. Elle s'efforçait de ne montrer aucune affectivité, comme si le moindre égard envers moi pouvait compromettre l'issue de notre action. Elle semblait porter le deuil de notre rencontre a priori guidée par le pressentiment qu'un jour ou l'autre, les circonstances devaient nous séparer pour toujours. Elle prenait une précaution particulière à polir son personnage. Pour qu'aucune aspérité ne puisse servir d'empreinte à ma mémoire. Elle fuyait l'emprise. Des mots, des sentiments. De tout ce qui pouvait concourir à instaurer une ébauche de complicité entre nous. Elle se montrait odieuse à l'occasion. Sans naturel. Et pourtant, tellement éblouissante.

J'ai pris mes fonctions un mardi soir. Je suis venu de la ville à vélo. Vingt-cinq kilomètres au profil traître, un œil sur la route qui défilait au milieu des dunes. L'autre sur la chaîne de mon engin. Pour qu'elle ne se prenne pas dans les plis de mon pantalon de costume sur mesure malgré la pince grossière qui les enserrait. En maintenant l'allure sans la forcer pour contenir la sueur qui allait griser le col de ma chemise amidonnée. Au jour finissant, à portée de fusil, la rade semblait un monstre assoupi où formes tranchantes et arrondies s'enchevêtraient sur un fond de couleurs moites, bleu triste, vert sombre, gris vareuse-d'artilleur.

Mentir demande plus d'intelligence que de dire la vérité. Tous ceux qui s'installent dans la duplicité le savent. En dévalant la dernière dune qui menait à mon affectation j'avais le cœur serré. La peur sans doute de ne pas être à la hauteur du personnage. L'endroit où se préparait le huis clos semblait tombé de nulle part. Un cube de béton, avec des ouvertures de latrines, recouvert d'une couche de blanc qui pleurait sur les parties basses. Du côté de la mer, le sable formait un monticule fauve qui virait au vert lugubre au soleil couchant. J'ai contourné le bâtiment pour trouver l'entrée. L'établissement venait à peine d'ouvrir. Une grande fille à la poitrine conquérante se trouvait seule derrière le bar à ranger des verres à bière. Le regard épaissi par une intelligence rétive, elle posa les yeux sur moi comme sur une nature morte. Je me suis approché d'elle avec l'air gauche d'un élève qui cherche sa classe le jour de la rentrée. Elle a soulevé ses paupières pour me signifier qu'elle réalisait ma présence. Mais elle ne savait qu'en faire. J'ai demandé le gérant. Elle avait le temps long, entre l'oreille et le cerveau. Je suis resté planté un moment jusqu'à ce qu'elle m'invite à attendre. Sans m'asseoir pour ne pas déranger la disposition des chaises. J'ai fait le piquet comme ça, un bon quart d'heure. Le bar dessinait une courbe sur toute la largeur de la salle. Fait d'un bois exotique bon marché qui voulait imiter l'acajou. Avec une main courante chromée comme le pare-chocs d'une voiture américaine. Des tables carrées étaient disposées de chaque côté de la travée centrale. Aux murs, des photos noir et blanc encadrées, de bateaux anonymes, voiliers, paquebots à une ou deux cheminées. Elle pouvait contenir une bonne cinquantaine de clients. Un décompte rassurant. Le nombre me rendait plus anonyme. L'homme qui est entré en culbutant la double porte ne pouvait être que le gérant. Un homme massif que les années avaient transformé en cube. Un front écrasé sur un regard visqueux qui surmontait une moustache qui ne parvenait pas à effacer l'outrage d'un bec-de-lièvre mal réparé. Tout semblait l'avoir préparé à la haine. Pourtant c'est une voix fluette et haut perchée qui sortait de ses lèvres mal armées pour endiguer sa vulgarité. Il m'a toisé. Avec le regard de l'accoucheur pour l'avorton :

— La préfecture m'a averti de votre arrivée. Il paraît que vous êtes étudiant.

Mon personnage s'est composé naturellement. Insipide, soumis, le type que l'on oublie si l'on ne fait pas attention. J'ai opiné.

— Ici, on s'en fout de vos lettres. Vous pouvez bien faire ce que vous voulez la journée. Ce qui compte, c'est que le soir vous soyez efficace. S'il vous vient l'idée de vous reposer de vos études, je vous foutrai dehors à grands coups de pompes dans le cul. Pistonné ou pas, rappelez-vous qu'ici c'est moi le chef.

Il disait cela en relevant le nez, et en inspirant très fort. Il a continué sur le même ton de butor :

— Ici, la clientèle, c'est des sous-mariniers allemands. Quand vous les aurez vus, vous comprendrez à qui vous avez affaire. Des braves, des intrépides. Des hommes qui n'ont peur de rien. Pas comme ces jean-foutre qui se sont fait démonter en juin 40. Ces gens-là, les Allemands, méritaient de gagner. Je vous le dis comme ça parce que je n'ai jamais été un planqué. J'ai fait les dix derniers mois de la guerre de 14. De janvier à novembre 1918, dans l'infanterie. J'en ai tué plus d'une vingtaine. Tout ce qu'ils ont eu de moi c'est ma lèvre. C'est pas un bec-de-lièvre, vous m'entendez! En attendant, il faut reconnaître qu'on s'est trompé. Ces types-là ont compris que le cancer de l'Europe, c'est les juifs et les bolcheviques. Qu'est-ce qu'on peut leur reprocher là-dessus? Hein? Eh bien, moi je vous le dis. Rien du tout. Alors nous on est là pour leur donner du bon temps. Leur montrer que les Français sont capables. C'est tout. Et tout ce que je vous demande, c'est de me faire honneur. Pas compliqué! Je vais vous mettre au bar. Les filles s'occupent de la salle. Les Allemands ne sont pas difficiles. Bière et schnaps. Et quand l'alcool a fait son effet : une main ou deux au panier des filles. Rien de plus. Par contre il faut suivre sur le débit. Ne pas les faire attendre. Vous verrez lorsque vous les aurez fréquentés, vous serez fier de servir des hommes de cette trempe. Un dernier point. Je suis sourcilleux sur la mise. Un écart là-dessus et je vous renvoie dans votre usine à cancres. Des questions ?

J'ai fait signe que non. Cet homme me semblait gras de l'intérieur avec cette façon si humaine qu'il avait de pérorer dans une direction et de faire le contraire. Il dépliait le contentement de soi comme le parasol d'une guinguette. Je ne l'avais pas espéré si peu subtil. Une façon qui m'était propre de surestimer l'ennemi. Les deux serveuses sont arrivées dans la foulée. Des filles communes. Une blonde filasse à la peau blanche qui demandait des semaines pour qu'on retienne son visage. Une brune boulotte aux jambes un peu arquées mais avec l'œil plus animé. Le gérant m'a fait remarquer qu'il manquait une fille en salle. Une histoire de tuberculose. Mais qu'à sa connaissance le propriétaire se chargeait d'en recruter une qui ne devait pas tarder. J'ai compris qu'Agathe était lancée dans le tuyau. Notre réseau s'installait comme prévu. J'ai accepté de faire un peu de travail en salle en attendant la nouvelle recrue. Même si mon rôle était derrière le bar. J'ai fait un tour en cuisine. Le cuisinier, un grand type maigre au cheveu clair, m'a serré la main comme à un ami de vingt ans. Avant de me présenter ses deux apprentis, deux gosses avec de vraies têtes de mitrons.

J'ai pris mon poste avec le sérieux du débutant. J'ai inspecté les verres un à un, briqué le comptoir, lustré la rampe un dernier coup en attendant que le rideau se lève.

Depuis l'exécution de mes camarades, je n'avais pas eu l'occasion d'approcher d'Allemands. Je les connaissais pour leur air martial, leur mise impeccable, leur regard fanatique de chiens enragés. Mais ceux qui sont entrés dans la salle ressemblaient à des êtres humains. Le plus âgé des trois portait une barbe mal taillée. Une mise de pêcheur en mer d'Islande. Un air blasé, des yeux d'une rare intelligence et des traits creusés qui dissimulaient mal un fond de bonté qui se libérait lorsqu'il souriait. On pouvait lire sur son visage toute l'ironie de celui qui sait qu'il sert sans faille une cause qui n'est pas la sienne. Ses deux compagnons avaient une dégaine d'étudiants avec leurs gros pulls à col roulé et leurs pantalons trop larges. Ils ont commandé trois chopes. Ils ont levé leur verre dans ma direction en signe de bienvenue. Le gérant après les avoir salués très bas est venu me voir :

— Tu as de la chance, mon garçon, le barbu qui est à la table, c'est le plus ancien des pachas de la rade. Plus de quarante convois alliés à son actif. L'as des as. Un des premiers commandants arrivés à la base. Le seul survivant de cette génération. Tous les autres sont partis par le fond. Ses camarades l'appellent le Dinosaure.

La salle a commencé à se remplir. Des groupes d'officiers en civil s'installaient les uns après les autres. Ils buvaient, fumaient beaucoup sans s'économiser. Il régnait entre eux une fraternité qui semblait plus forte que les grades. Un peu plus tard dans la soirée, un officier SS est entré dans la salle. Il dénotait dans cette atmosphère enfumée d'officiers avachis, avec ses bottes vernies et son col dur qui lui poussait la tête vers le haut comme s'il portait une minerve. Il a toisé la salle avant de repérer la table du Dinosaure. Il s'est avancé vers lui. Parvenu à sa hauteur, il s'est immobilisé pour claquer des talons en mettant sa casquette sous son bras. Il s'est penché pour lui parler à l'oreille. Le pacha n'a même pas tourné la tête. Les autres faisaient mine de ne pas le voir. Il dérangeait. Je passais près de la table quand le Dinosaure, après avoir donné sa réponse à l'officier SS, a lâché à haute voix pour que tout le monde l'entende :

— Si tu vois le petit moustachu autrichien, dis-lui que s'il veut perdre la guerre, qu'il ne touche surtout à rien ! Ceux qui vont mourir le saluent.

Les tables voisines se sont esclaffées et la valse des chopes a repris sans attendre le départ de l'intrus. Le Dinosaure n'avait peur de rien. Il avait le courage de ceux qui se savent indispensables et condamnés. Indispensable parce que sans lui l'Allemagne allait perdre la bataille des mers. Condamné, parce que le rythme des pertes de sous-marins dans l'Atlantique rendait sa survie improbable. Je me suis surpris à ressentir du respect et presque de l'admiration pour cet homme qui défiait l'autorité nazie avec le panache de la sobriété. Pourtant, dans quelques jours il allait quitter la rade dans cette boîte dont il savait qu'un jour ou l'autre elle lui servirait de sépulture. Et partir en chasse pour plusieurs semaines en semant une mort aveugle parmi des marins souvent civils qu'il ne croiserait qu'au bout de son périscope émergé, flottant le ventre gonflé d'eau, parmi les débris des navires torpillés. Les SS méprisaient ces vieux loups de mer qui ne comprendraient jamais tout ce que la servilité pouvait procurer de bénéfices et de grandeur à l'Allemagne. Mais qu'importait-il au fond puisque ces vieux briscards insoumis allaient donner leur vie pour un idéal qui les dépassait et qu'ils ne remettraient jamais en question, trop attachés à leur nation, quels que puissent en être ses chefs.

Ces hommes désabusés, le teint marqué par des semaines passées dans une atmosphère pauvre en oxygène, nous étions là pour les tuer. Renseignés par notre réseau et par d'autres, la chasse anglaise venait les cueillir à la sortie de la rade quand ils croisaient en surface ou plus tard lorsqu'ils amorçaient leur immersion périscopique. Ils plongeaient pour éviter les grenadages venant du ciel ou des bateaux des convois qui, les mois passant, défendaient de plus en plus chèrement leur peau. Mais lorsqu'une grenade ouvrait une brèche dans la boîte de conserve, ils savaient que leur agonie pouvait durer des heures jusqu'à ce qu'ils perdent la conscience que leur vie s'en allait. Parfois la mort était plus soudaine, quand un destroyer venait les éperonner comme de vulgaires jonques, les fendant par le milieu. Alors tout l'équipage finissait dans une mer glacée, le cerveau éteint par le froid, avant que l'eau salée ne mette fin à leur respiration.

L'officier mécanicien qui s'était installé au comptoir avait le regard exorbité de ces hommes qui se sont vus mourir plusieurs fois dans des descentes incontrôlables qui semblent ne jamais devoir finir. Il conservait dans ses yeux cette terreur des abîmes. Je sus par la suite que celui qu'on appelait Wolfgang était le meilleur motoriste sous-marinier de l'armée allemande. Un homme capable de réparer un diesel dans n'importe quelles conditions de profondeur et d'avarie. Ses camarades le choyaient. Il était là chaque jour avec son odeur de graisse de vidange, ses dents jaunes qui s'écartaient en avançant et ses yeux bleus surplombés par des sourcils broussailleux en forme de chapeau chinois. Il s'installait seul. Buvait des bières à la chaîne et ne répondait à la sollicitude de ses compagnons que par des grognements d'homme primitif.

Je ne fus pas long à percevoir que cette petite communauté avait ses codes, qu'elle vivait dans un monde clos, loin du reste de l'Allemagne combattante et de ses troupeaux d'infanterie qui mouraient sans manière. Ces aviateurs des profondeurs, qui savaient que leurs chances d'en réchapper diminuaient de jour en jour, portaient dans leur regard la résignation du gladiateur auquel on ne laisse aucune chance. Je peux bien le confesser, maintenant, il y avait de l'humanité dans les yeux du Dinosaure et dans sa façon de traiter ses hommes. Je ne sentais aucune haine chez lui et ses compagnons. Ils faisaient simplement leur devoir, en essayant d'en réchapper. Le Dinosaure savait certainement qu'il devait sa survie à son équipage autant qu'à lui-même. Il avait une manière bien à lui de leur manifester sa gratitude et ses encouragements, par de petites tapes amicales sur le ventre, du dos de la main. Il parlait le français, doucement, avec un accent peu guttural. Lui et ses lieutenants m'ont pris en sympathie. Certainement parce que je ne leur en ai pas manifesté de prime abord. Au contraire du gérant qui se montrait d'une servilité dérangeante. Ils ne m'ont bien entendu jamais convié à leur table, mais il leur arrivait souvent, soit l'un soit l'autre, de venir s'accouder au comptoir pour le plaisir de discuter avec moi. Ils parlaient beaucoup, se confiaient parfois. À aucun moment, ils ne montraient leur peur de mourir. Mais tous s'inquiétaient de ce que leurs familles allaient devenir là-bas dans la lointaine Prusse, près de la Baltique dont la plupart étaient originaires. Ils me parlaient d'elles, me montraient des photographies en noir et blanc qui ne les quittaient jamais. Des clichés jaunis d'avoir été serrés trop fort. Le Dinosaure ne s'ouvrait pas beaucoup. Ce n'était pas sa nature. Il communiquait plus avec les yeux qu'avec les mots. Comme son officier mécanicien Wolfgang. Il régnait entre ces deux-là une complicité que je n'ai jamais vue entre deux hommes. Et lorsque Wolfgang s'effondrait à minuit, ivre mort, le pacha organisait son rapatriement comme celui d'un frère, sans la manifestation du moindre reproche. Ces deux-là savaient que l'un sans l'autre, ils étaient morts, et la centaine d'hommes d'équipage avec eux. Le commandant en second les avait rejoints récemment. Il m'a raconté lui-même qu'il succédait à un homme qui avait perdu l'esprit au cours d'un grenadage. Il avait fallu ligoter le dément jusqu'au retour à la base. De là, il avait été conduit dans un asile en Allemagne. Le nouveau second était de taille moyenne, brun, avec un type slave plutôt qu'allemand. Un peu plus de trente ans même s'il était creusé comme à la quarantaine. Deux autres jeunes officiers s'entretenaient avec moi aussi amicalement. Un blond qui avait conservé ses traits d'enfant et l'officier de tir, celui qui ajustait les torpilles sur les convois alliés. Ce dernier ne tarissait pas d'éloge sur la France. Comme la plupart de ses camarades, il n'avait aucune conscience de la gêne que pouvait occasionner l'occupation de notre pays par les siens. J'ai compris après quelques jours que cet attrait venait d'une liaison de plusieurs mois avec une Française qui se prénommait Jacqueline. Une liaison rendue difficile par ses absences. Aux interminables missions se succédaient des périodes de permission en Allemagne puis de consigne à la base en attendant le signal d'un nouveau départ. Mais il en parlait comme un romantique allemand, comme si cette femme était son ultime raison de vivre. En moins d'une semaine une étrange familiarité s'était créée entre ces hommes et moi. Un ton de confidence inespéré qui faisait naître en ma conscience un malaise sourd et diffus. Celui d'être un traître à la sincérité, même si j'avais plus que de bonnes raisons de l'être.

C'est ainsi qu'en quelques jours, par un étonnant jeu de circonstances je me suis trouvé plus
proche de ces sous-mariniers que je ne pouvais
espérer l'être un jour de Mila. La première fois que
nous nous sommes revus après mon atterrissage
dans le réseau, elle n'est passée qu'une minute pour
s'assurer que tout était en ordre. Puis elle a filé,
pressée. La fois d'après, elle a pris plus de temps.
Elle conservait cette froideur étanche destinée à me
protéger d'elle et elle de moi. Nous avons parlé
d'Agathe qui devait me rejoindre comme serveuse
le soir suivant. Le lien rapide et inespéré que j'avais
créé avec les sous-mariniers rendait Agathe moins
utile. Du moins était-ce mon point de vue. Mila
pensait autrement. Elle préférait multiplier les
sources de renseignements. Je lui faisais observer
qu'on augmentait aussi les risques. Particulière-

ment avec Agathe, fragile et mal formée. Comme à l'accoutumée, elle trancha :

— On lance la traque. Il faut que le maximum d'antennes fonctionnent. Même si nous augmentons les risques. Au-dessus de nous, on s'inquiète. Les U-Boote restent à la base. On pense qu'une action d'envergure se prépare. On aura de plus en plus de difficultés à obtenir des renseignements par ceux qui approvisionnent les sous-marins en produits frais avant leur départ. Les Allemands remplacent les Français de l'intendance par les leurs. C'est à vous de mettre le paquet. Chaque convoi allié qui touche l'Angleterre ou l'Afrique du Nord, c'est une chance de plus pour un débarquement. Vous êtes d'une importance capitale dans le dispositif.

Elle me parlait comme un chef de bataillon harangue ses troupes du toit d'une automitrailleuse. Je lui répondais en exécutant modèle. Et nous arrêtions là. Je la regardais partir, le cœur brisé, mortifié de cette froideur de commande qui m'éprouvait chaque fois un peu plus. Chacune de nos rencontres me rendait triste. Je n'existais pour elle que comme le maillon d'une chaîne à laquelle nous appartenions tous deux. Mais plus elle me paraissait inaccessible, plus je l'aimais.

Agathe fit son entrée à la taverne un vendredi

soir. Habitués à des serveuses sans charme qui lâchaient les chopes de bière sur les tables comme un bombardier se décharge de sa cargaison, son arrivée provoqua un frémissement dans la taverne. Elle avait le sourire des gens peu épargnés par la vie, qui cherchent le bonheur partout. Une bonne volonté qui contrastait avec l'entrain de fonctionnaires des douanes que manifestaient ses deux anciennes. Les deux ribaudes portaient sur la nouvelle arrivante un regard d'une telle morgue que je me mis à craindre pour la suite qu'elle ne soit harcelée et en vienne à parler des origines les plus lointaines de son recrutement. Agathe n'avait ni l'intelligence, ni la duplicité nécessaire pour entendre la vérité. Le réseau lui avait pris une chambre dans un village voisin. Elle en recevait des subsides. Qu'elle continuait à croire provenir de fonds spéciaux du Maréchal. On lui avait même procuré pour chez elle un portrait en pied du protecteur de la nation, pour amadouer sa logeuse. Sa présence fut un échec. Ses formes prometteuses, son caractère avenant suscitèrent parfois le désir, mais jamais la confidence. Du coup je décidai de changer mes ordres. Je lui demandais d'éviter de s'éparpiller et de rechercher une relation stable, de préférence avec un jeune lieutenant. Elle le fit, mais avec le poupon blond qui faisait partie de l'équipage du Dinosaure. Cela n'ajoutait rien, car j'avais déjà leur confiance. Mais il était trop tard pour qu'elle s'attache les sentiments d'un sous-marinier d'un autre navire.

Les semaines s'écoulaient. Des équipages apparaissaient puis disparaissaient, sans que nous puissions transmettre la moindre information. La violence de leurs beuveries ne faisait que croître. Le désespoir qui leur faisait lever le coude sans discernement les conduisait systématiquement à s'échouer dans les toilettes, tard dans la nuit. Je les retrouvais là, adossés aux urinoirs, la bouche entrouverte laissant échapper un épais filet de vomi qui venait recouvrir leur croix de guerre attachée serré autour de leur cou. Souvent, nous aidions à les hisser dans des voitures qui venaient faire le ramassage des plus gradés, avant de s'en retourner sur la petite route qui conduisait à leur quartier, jalonnée de sous-mariniers sans grade qui s'entraînaient du haut des talus à pisser de conserve sur les voitures qui passaient. Les officiers arrosés se contentaient de sourire. On ne gronde pas des condamnés à mort.

Un soir, alors que nous nous apprêtions à fermer la boutique, le grand cuistot m'a fait signe qu'il avait quelque chose à me dire. J'ai attendu que le gérant et les deux pécores s'éloignent pour venir à la pêche. Il était tout excité, un véritable enfant qui vient de gagner son premier lot dans une fête foraine. L'information venait du ravitaillement. Un sous-marin devait quitter la base le surlendemain, juste un peu avant l'aube. Nous étions dimanche, je ne devais pas revoir Mila avant le mercredi suivant. Je suis rentré chez moi. Je me suis couché sans trouver le sommeil. J'avais la responsabilité de déclencher l'hallali. Je l'ai fait sans plaisir. Au petit matin j'ai pensé que comme un avion, les commandes de notre réseau devaient être doublées. Je suis retourné à mon premier point de contact dans la région. Le bistrot de mon arrivée. J'ai dit au patron que j'avais besoin de joindre d'urgence la grande fille qui était là le jour de notre première rencontre. Je lui ai donné des plages d'heures. Puis j'ai attendu dans mon réduit. Cette attente m'a rappelé celle de mes premiers jours dans la clandestinité, quand il ne se passait absolument rien. On dit la patience difficilement accessible à la jeunesse. Ce n'était pas mon cas. Je m'allongeai dans ma position favorite, sur le dos, les mains croisées sous la tête et je regardai le plafond. Incapable de faire autre chose par cette difficulté à me concentrer qui ne m'a jamais quitté. Avant, dans ces moments-là, je pensais aux femmes. À n'importe quelle femme qui puisse aiguiser mon imaginaire qui se laissait couler entre désir et besoin d'affection. Mais là, comme l'aiguille d'une montre cassée qui semble pétrifiée sur son cadran, je n'avais de pensées que pour Mila. Et moi qui avais voulu croire que les femmes n'étaient que formes et creux, Mila hantait mes songes, immatérielle, comme peut l'être l'amour quand il prend ses quartiers.

J'ai sursauté quand elle a frappé à la porte. Je la croyais si loin. Elle est entrée tendue comme un arc, les yeux injectés de sang. J'avais dérangé son organisation, sa mécanique de précision. Elle était agressive. Je l'ai abordée par la dérision :

— Je crois qu'il y a un tout petit changement dans nos plans. Les sous-marins allemands ne souhaitent pas se conformer à nos horaires en quittant la rade systématiquement les jeudis ou dimanches matin. Il se trouve que nos informateurs font état d'un départ demain au lever du jour. Et demain c'est mardi. Heureusement qu'on a pu vous joindre parce que j'ai eu l'idée que le bistrotier devait être d'une façon plus ou moins lointaine en contact avec vous. Mais sans cette initiative, nous aurions raté le coche. S'il est encore temps.

Elle m'a foudroyé de ce regard d'une couleur qu'on ne trouve nulle part dans la nature. Puis elle est partie en me disant qu'on conserverait nos heures de rendez-vous. Et qu'en cas d'urgence je m'adresse au bistrotier, de la même façon.

Lorsque je l'ai revue le samedi suivant à l'heure ordinaire elle semblait gonflée de fierté. J'avais bien entendu des avions dans le ciel de la rade, au loin depuis la ville, ce mardi matin-là. Mais elle, savait que les Anglais avaient coulé le submersible. Comme elle avait encore une bonne raison d'être aveuglée, elle ne vit en moi que l'exécutant modèle. Et je dus à sa froideur naturelle qu'elle ne me secoue pas le lobe de l'oreille comme l'aurait fait Napoléon à un de ses grognards. Bref, elle était contente de moi. Comme nous n'avions rien d'autre à nous dire, nous nous sommes quittés.

En oiseau de bon augure, j'ai transmis la bonne nouvelle au chef cuistot qui rayonna lorsque je lui ai lâché à voix basse en le frôlant : « Suppositoire coulé. »

Je ne savais pas quel équipage avait été envoyé par le fond. Je fus seulement soulagé de voir apparaître le lendemain aux heures habituelles deux des lieutenants du Dinosaure. Qui confirmaient par leur présence que l'équipage était encore à la base. Les semaines s'égrenaient sans nouveau succès. D'autres sous-marins avaient bien quitté la rade. Mais notre dispositif n'avait pas permis de prévoir leur départ. Je ne connaissais pas grand-chose de l'organisation qui travaillait sous les ordres du cuistot. Toujours cette fameuse étanchéité destinée à nous prémunir contre la gangrène. Mais rien n'émergeait de son réseau d'informateurs.

L'officier de tir de l'équipage du Dinosaure était de plus en plus amical avec moi. Il me parlait de sa Jacqueline sur un ton de confidence qu'il me réservait. Sa seule évocation semblait le délecter. Il m'apprit qu'elle était employée de bureau, dans une administration quelconque. Kurt, puisque c'est ainsi qu'il se prénommait, n'en savait pas plus. Je sentais qu'il attendait quelque chose de moi. Un gage moral de protection de cette fille au cas où il viendrait à disparaître au fond de l'océan. Il me demanda comme une faveur s'il pourrait me donner son nom et son adresse pour qu'elle ait quelqu'un sur qui compter en cas de malheur. Je compris sans qu'il me le dise que la jeune femme attendait un enfant de lui et qu'ils n'en étaient plus à des choses légères. Puis il en vint à me parler de cet enfant à naître et, dans un imprévisible élan de naïveté, me demanda d'en être le parrain. J'accep-

tai. Pourquoi m'avoir choisi plutôt qu'un autre ?
Mais quel autre ? Je me disais qu'il restait du temps
jusqu'à la délivrance de la mère et sans vraiment
réaliser qu'il s'agissait là d'une responsabilité.

Lorsque je revis Mila, la fois suivante, je la trouvai nerveuse comme à l'habitude. Nous avions visiblement échoué à prévoir deux sorties de sous-marins. Le dispositif en amont du cuistot donnait des signes de faiblesse. Elle me demanda de faire le travail moi-même. La taverne fermait pour travaux. J'en profitai pour lui annoncer un voyage de trois jours pour revoir ma famille. Les trois premiers depuis que j'avais rejoint la Résistance. Elle me fit savoir en même temps que revoir mes parents n'était pas souhaitable car ils faisaient l'objet d'une surveillance étroite. Comme je n'en étais pas loin, je décidai finalement de rejoindre mon oncle, ma tante et ma cousine en Bretagne, là où ils élevaient leurs poulets. Pour le premier bain de famille depuis près de trois ans. Je ne connaissais pas leur adresse, juste le nom du village. Un bourg balayé par le vent surplombant la mer selon la première carte postale envoyée par ma petite cousine, une semaine après leur arrivée. Aucune nouvelle depuis lors. Je ne leur écrivais pas. Pour qu'aucun lien ne puisse être établi entre nous.

J'avais des papiers en règle et pourtant sortir de mon quotidien m'inquiétait jusqu'à l'angoisse. J'ai pris le train pour le Morbihan avant de couper vers les Côtes-du-Nord. Le printemps diffusait une douceur inhabituelle pour ces régions reculées où les vieux semblaient parler le français de mauvaise grâce. C'était mon premier voyage en Bretagne qui paraissait un autre pays. Je me suis arrêté à la gare de P. à deux kilomètres du village où ma famille résidait. Une toute petite gare, pleine d'Allemands. Une effervescence qui tenait à cette mer, face à l'Angleterre et à la menace d'un débarquement dont on parlait chaque jour un peu plus. Dans cette agitation, personne ne fit attention à moi. J'avais une petite valise et le tricot de ma mère sur les épaules.

J'ai pris la route en suivant la lande qui se déversait sur une plage d'où dépassaient quelques block-haus en béton, enfoncés à mi-mollet, qui faisaient l'apprentissage que rien ne résiste à la mer. J'ai découvert le village au détour d'une courbe qui piquait sur l'église. Un bar-tabac était planté à l'entrée du bourg. Il s'appelait le « Halte-là », comme s'il s'agissait d'une guérite de douane. Je suis entré. Le bistrot était tenu par une dame en coiffe aux yeux si plissés qu'on lui aurait donné un ancêtre mongol. Elle avait autant de rides sur le visage que d'années de vie. Un air malicieux. Elle avait deviné que je n'étais pas là pour consommer.

— Qu'est-ce qu'il veut le jeune homme ? m'a-t-elle demandé avec un lourd accent qui ne pouvait être que breton.

— Je cherche une famille de Parisiens.

Elle m'a regardé intensément avant de poursuivre :

— C'est que des Parisiens ici, même s'il y en a pas tant que ça, y en a quand même. Vous avez un nom ou quelque chose comme ça ?

— Fournier.

— Vous êtes de la famille ?

— Euh, non, je suis un ami de leur fille.

— Et ces gens-là sont prévenus de votre arrivée ?

— Pas vraiment, c'est plutôt une surprise.

— Vous n'êtes tout de même pas venu chercher la petite jeune fille parce que j'ai entendu dire qu'elle avait de l'accointance avec mon petit-fils.

— Oh non, rassurez-vous, je suis un ami de classe. Je suis venu me mettre au vert pour deux ou trois jours, rien de plus.

— Bon alors, c'est pas compliqué. Devant l'église vous remontez vers la droite. C'est un chemin étroit. Vous allez longer le château qui sera à main droite. Au bout d'un moment vous allez tomber sur votre gauche sur une petite maison en pierre. C'est là. Si des fois, ils ne sont pas contents de vous voir, ça peut arriver, dit-elle en levant les yeux au ciel, je vous demande seulement de ne pas dire que c'est moi qui vous ai indiqué le chemin. Jusqu'à maintenant y'a rien à dire, mais mon Dieu ça peut devenir compliqué sans prévenir, les Parisiens.

J'ai traversé la petite place jusqu'à l'église. Je n'ai croisé que deux chiens creux qui traînaient comme des mendiants. Le château dont je longeais le mur était difficile à apercevoir. En sautant à pieds joints j'ai vu une bâtisse médiévale avec trois tours rondes et des granges dans tous les sens. Murs de granit, toits en ardoise, des matériaux qui ne favorisent pas la douceur de caractère. Si je me suis fait cette réflexion, c'est que mon esprit se détendait. Je me prenais vraiment pour celui que je n'étais pas. Un étudiant éloigné de sa famille de retour pour les premières vacances scolaires.

J'étais encore dans le chemin lorsque j'ai reconnu ma tante qui bêchait son jardin avec énergie. Elle était encore plus petite que dans mon souvenir. Toujours aussi vive. Quand elle m'a vu, elle a lâché sa bêche et mis ses deux poings sur les côtés pour manifester sa joie comme elle savait le faire, sincèrement, sans excès :

— Ça alors, je n'en reviens pas, notre Pierrot. C'est ton oncle et ta cousine qui vont être contents.

Elle m'a embrassé comme du bon pain. À peine avions-nous eu le temps de parler qu'au bout du chemin je vis se découper au milieu des pommiers, la silhouette de mon oncle. Il marchait en se tenant droit comme à son habitude. À la campagne comme à la ville, il était habillé d'un costume croisé trois pièces, d'une chemise blanche et d'une cravate sombre. Il marchait en balançant sa canne. Digne. Un bandeau noir lui barrait le visage. Ma cousine le suivait à trois pas. Elle était accompagnée d'un jeune homme qui devait avoir dans les dix-huit ans. Il marchait à l'aide de deux béquilles qui le soutenaient sous les aisselles. Il avait un visage et un torse d'acteur américain et des jambes misérables, comme foudroyées. À ma vue, ma cousine s'est mise à courir à ma rencontre en sautant comme un cabri. Mon oncle a allongé le pas. J'ai vu ses yeux s'emplir de larmes.

Mon retour s'est fait comme celui de tous les enfants prodigues. Dans un flot de questions. À la différence que je m'arrangeais pour ne pas y répondre. Mon oncle finit par en prendre ombrage. Je lui expliquai que chaque confidence mettait leur vie en danger et qu'il était préférable qu'ils ne sachent rien. Il finit par admettre qu'il n'y avait aucune défiance dans mon attitude qui ne visait qu'à les protéger par l'ignorance. Ma cousine me prit à part pour me dire que mon oncle avait interdit la moindre musique autour d'eux depuis que j'avais rejoint la clandestinité. Les nouvelles de mes parents étaient bonnes. Je sus qu'ils en recevaient régulièrement de moi par le réseau. Qu'ils en donnaient à mon oncle et ma tante par cette même phrase qui revenait dans chacune des lettres : « Nous avons été fleurir la tombe de Pierre. » Ces quelques mots étaient le signe que tout allait bien pour moi.

On me raconta que le château appartenait à un vieil ami de mon oncle, un frère de chambre, du temps où il soignait ses plaies au visage au Val-de-Grâce à Paris. Cet aristocrate leur prêtait la petite maison, une ancienne ferme de métayers. Derrière les murs en pierre, il abritait une autre famille, dans une grange aménagée. Un ami juif sauvé de la rafle du Vel d'Hiv en juillet 42, avec les siens. Encore un qui avait laissé son visage sur le champ de bataille de la Grande Guerre. Mais à lui, la patrie n'était pas reconnaissante. Personne ne savait vraiment où on les conduisait. Mais personne ne l'ignorait non plus. Sans imaginer que tous ces gens, qui n'ont certainement jamais croisé Dieu, ont vu le diable, de leurs yeux vu, avant qu'il ne les conduise à la chaudière.

Le copain de ma cousine semblait un brave garçon, taillé dans le granit. L'aîné de trois enfants élevés par une mère seule qui attendait son mari depuis bientôt quatre ans. Un quartier-maître qui s'était trouvé sur son bateau à New York lorsque les Allemands avaient envahi la France. Il n'avait jamais pu rentrer. Il avait rejoint l'armée américaine et depuis de nombreux mois, il naviguait sur ces convois qui traversaient l'Atlantique et préparaient le débarquement allié. Des convois qui sombraient souvent, torpillés par les U-Boote. Ce beau gosse, qui devait être deux fois plus large d'épaules que moi, avait perdu ses jambes en 41. Il était couché par terre dans la forêt à tenter de récupérer un furet parti derrière un lapin lorsqu'il a senti qu'il ne pourrait plus se relever. La polio s'était invitée, sans bruit. Il avait compris qu'il ne remarcherait peut-être plus jamais. Qu'il devrait à jamais renoncer à être marin, comme l'avaient été tous les hommes de sa famille depuis l'aube des temps. En trois ans il avait subi six opérations de la moelle épinière. Qui l'avaient remis debout même s'il était bancal comme un trépied. Ni la maladie ni la faim ne l'avaient empêché de réussir ses études et si on lui accordait la bourse qu'il avait demandée, il allait rejoindre Paris dès septembre pour y faire math sup. En plus du reste, il trouvait le temps de faire le coursier pour le maquis du coin. C'était le seul homme que les Russes laissaient circuler après le couvre-feu. Ces Russes que les Allemands avaient ramenés comme des trophées de leur campagne à l'Est. Des types d'à peine vingt ans qui savaient que le port de l'uniforme ennemi leur vaudrait d'être fusillés à leur retour au pays. Alors ils buvaient, tiraient au jugé sur tout ce qui bougeait. Sauf sur cet estropié qu'ils considéraient comme leur mascotte et qui ne manquait jamais de venir parler avec eux un moment dans un dialogue où le russe et l'allemand se mélangeaient sans façon.

Ma tante avait mal pris cette liaison entre sa fille et ce Breton qui avait compensé son affaiblissement physique par un caractère sans faille. Parce qu'il lui semblait que l'histoire recommençait. Celle des blessures qui reviennent à chaque génération pour nous rappeler le prix à payer. Mais le charisme du jeune homme lui rappelait aussi que ces atteintes au visage et aux jambes avaient donné des personnalités uniques et droites. Et au fond elle savait bien que seul cela comptait.

Tout ce monde-là vivait dans une communauté de pieds nickelés. Les Allemands avaient bien essayé de réquisitionner le château de l'ami de mon père. Ils avaient reçu l'officier chargé de l'intendance, mon oncle et lui, toutes blessures à l'air, les bandeaux remisés pour la circonstance. En indiquant à l'émissaire qu'ils se feraient une joie d'héberger à leurs côtés un ou plusieurs officiers supérieurs dans une cohabitation qu'ils souhaitaient la plus cordiale possible. Mon oncle s'étant laissé aller à baver plus qu'à l'ordinaire comme un escargot qui dessale, son ami Henri avait fait le coup de l'œil qui menace de quitter son orbite. Du coup l'estafette s'était sentie en danger. De proposer à son état-major de partager le toit de funestes augures. Si par malheur un de ces officiers était superstitieux, il pouvait l'amener à quitter la Bretagne en moins de vingt-quatre heures et le catapulter sur le front russe. Il jugea donc plus prudent de déclarer le château insalubre assurant ainsi à la petite communauté une paix royale.

Pendant ces deux jours que j'ai passés auprès

d'eux, on mangea bien pour l'époque, on but beaucoup de cidre et pas mal de calva à la mode bretonne.

J'ai quitté ce petit bourg de Bretagne, étreint par l'appréhension de retrouver cette guerre de l'ombre qui ne m'était jamais paru si dangereuse, depuis que je l'avais mise entre parenthèses, même quelques jours. Une angoisse que connaissent bien ceux qui sautent en parachute pour la seconde fois, paralysés par la conscience du danger, absente au premier saut, alors qu'ils cédaient à l'ivresse de la nouveauté.

J'ai rejoint la taverne, dans un état de paranoïa nauséeuse. Persuadé que des puissances invisibles me traquaient pour de bon. Le cœur soulevé par cette pitoyable comédie du mensonge. J'avais espéré sans me l'avouer que l'équipage du Dinosaure avait reçu son ordre de mission pendant mon escapade. Mais ils étaient là, avec leurs allures inchangées de vieux loups de mer. La même bonhomie fataliste. Avec des rides en plus. Égales au nombre de sous-marins qui avaient quitté la base et n'étaient pas revenus.

Wolfgang se tenait au comptoir autant que le comptoir se tenait à lui. Il buvait d'une façon continue, jusqu'à l'effondrement. L'officier mécanicien, l'as du diesel, se remplissait méthodiquement jusqu'à l'inconscience sous l'œil de ses camarades qui guettaient sa chute du grand tabouret, le moment venu. Le Dinosaure se retournait à intervalles réguliers pour juger du danger. Puis son regard reprenait son axe habituel, loin de ceux qui lui faisaient face, perdu dans des songes qu'il ne partageait jamais. Et si dans ces moments-là, quelqu'un cherchait à le capter, il répondait par un sourire bienveillant qui fermait la porte. Parfois il sortait de la poche de sa vareuse une photo, qu'il étirait pour lui redonner forme. Ses yeux se plissaient avant qu'il ne la remette en place.

Ce soir-là Wolfgang me parla longuement. Jusqu'à ce que les bières l'assoment. Il me fit un vrai cours de physique sous-marine animé par la passion de ces engins qui étaient toute sa vie. Il me parla allemand. Une langue que je comprenais très bien même si la parler me demandait beaucoup d'efforts. L'officier de tir est venu l'interrompre au moment où il m'expliquait comment on chassait l'air des ballasts puis comment on équilibrait le navire pour atteindre l'immersion périscopique. Pendant que Wolfgang se versait dans le col une grande rasade de bière pour reprendre son souffle, l'officier de tir en a profité pour me glisser un papier sur lequel figuraient le nom et l'adresse de cette Française sur laquelle il me demandait de veiller au cas où. Avant de rejoindre ses camarades, il me lâcha cette petite phrase qui résonne encore en moi aujourd'hui et dont je n'oublierai jamais la musique :

— Ah, Pierre, je vous donne maintenant ce papier car demain je ne pourrai pas passer. Nous sommes consignés la veille du départ. Ensuite qui sait lorsqu'on se reverra. Ce jour-là, s'il vient, on pourra boire ensemble une bière à la terrasse d'un café à Paris et nous serons : « Heureux comme Dieu en France. » C'est bien ce qu'on dit, n'est-ce pas ?

Il m'a serré la main, ce qu'il n'avait jamais fait auparavant comme pour sceller un lien. Puis il a rejoint une table enfumée.

Comme un fait exprès une dizaine des hommes du Dinosaure se sont succédé ce soir-là, pour venir me parler, chacun me gratifiant d'un petit geste de sympathie. Ils ont bu plus que d'accoutumée. Je les ai regardés sortir à l'aube, titubant, se tenant les uns les autres. Wolfgang s'est arrêté pour vomir sur le bas-côté. Puis ils ont disparu dans l'obscurité.

Mon service terminé, j'ai pris mon vélo, et par la route des dunes j'ai rejoint la ville. Au lieu de me diriger vers ma soupente, j'ai pris la direction du bistrot des amis que j'ai atteint pour l'ouverture. Le bistrotier m'a regardé, l'air étonné. Je lui ai dit que j'avais besoin d'un contact dans la matinée et que je ne décollerais pas de sa taule avant de l'avoir eu. Il a compris l'urgence de ma demande. J'ai attendu. En buvant des cafés qui n'en étaient pas. J'ai même fumé. Vers les onze heures du matin, Mila est apparue. Elle était élégante, élancée, souple. J'aurais tué n'importe quel homme qui aurait posé les yeux sur elle.

— Pourquoi cette urgence ? m'a-t-elle demandé avec ce regard qui faisait de moi une ombre sans consistance.

— Après-demain, un sous-marin quittera la

rade. Je ne sais pas à quelle heure, mais le jour est assurément le bon. À son bord, l'équipage le plus redoutable de la flotte de la côte atlantique.

— Vous en êtes sûr?

— J'en suis certain. Aucun doute possible.

— Vous l'avez appris par Agathe?

— Non, par mes propres sources qui sont infaillibles. Malheureusement.

Elle m'a regardé cette fois dans les yeux, terriblement intriguée :

— Pourquoi, malheureusement?

J'ai pris mon temps pour répondre, j'avais tant de mal à tourner ma phrase.

— Parce qu'on ne peut pas souhaiter la mort de tels hommes.

Elle a pris un ton narquois :

— Je vois, on s'attendrit.

Je n'ai pas répondu. Je me suis levé. Je lui ai demandé si notre rendez-vous du mercredi suivant tenait toujours. Elle l'a confirmé. J'ai quitté le bistrot sans me retourner. J'ai traversé la rue en titubant. Fatigué par une nuit blanche, épuisé de cet amour impossible, par cet assassinat annoncé, mon triomphe, que je ne devais qu'à la confiance que j'avais extorquée, sur ordre. Leur cause n'était pas la bonne. On avait manipulé ce qu'il y avait de meilleur en eux pour les envoyer à la mort. La providence avait fait de moi leur exécuteur. Un plein sous-marin de gars comme moi, nés de l'autre côté, et qui n'avaient qu'une envie, s'en retourner là-bas. À se torturer de l'intérieur, on en oublie la menace qui vient de l'extérieur. Je me suis fait faucher à cet instant par une traction qui venait de ma gauche. J'ai fait un vol plané qui m'a envoyé sur le trottoir d'en face. Allongé, les yeux vers le ciel, j'ai vu Mila s'éclipser sans savoir si j'étais mort ou vif. Les deux abrutis qui m'avaient mis par terre étaient deux officiers de police dans l'urgence de rejoindre leurs collègues pour prendre l'apéritif. On m'a dégagé sur l'hôpital le plus proche, non sans me harceler de questions sur mon identité, mes activités. Je suis resté deux jours à soigner de grosses plaies dont aucune n'était heureusement une fracture. À la fin du second jour j'ai reçu la visite d'une soi-disant tante. Je me suis méfié, mais elle m'a chuchoté à l'oreille qu'elle venait de la part du bistrotier, qui la chargeait de me dire que les Anglais avaient fait mouche, grâce à moi et que tout ça faisait de moi un personnage important. Puis elle est partie. J'ai imaginé le Dinosaure, Wolfgang et l'officier de tir le visage violacé par le manque d'oxygène, griffant les parois de leur cercueil en métal qui s'enfonçait dans la vase. Et je me suis endormi.

J'ai regagné mon antre mansardé le samedi suivant, dans l'après-midi. J'avais téléphoné au gérant de la taverne pour le prévenir de mon indisponibilité temporaire. Je m'attendais qu'il maugrée comme à l'habitude, lorsque l'ordre des choses venait à être contrarié. Il prit la nouvelle avec calme m'annonçant que l'établissement avait été fermé le soir même de mon accident. Qu'il n'avait aucune date de réouverture portée à sa connaissance. «Que la rumeur d'un débarquement allié enflait, malheureusement pour la France», s'empressa-t-il d'ajouter, que tous les sous-mariniers s'en trouvaient consignés à leur base. Je lui ai promis de l'appeler régulièrement pour m'enquérir d'une éventuelle réouverture à laquelle nous ne croyions plus, ni lui ni moi.

Je me suis allongé sur mon champ de ressorts,

souffrant et désœuvré. J'ai attendu le soir l'heure de mon rendez-vous avec Mila. Comme tous les samedis, elle gardait les enfants des propriétaires de ma mansarde. Je m'étais endormi, porté par des songes où Mila voguait, loin de cette guerre crasseuse. Un bruit de portes métalliques qu'on claque m'a réveillé en sursaut. Une traction noire était au milieu de la cour. On s'agitait en uniforme, en manteau de cuir. Un détachement entier envahissait l'immeuble dans une walkyrie d'aboiements et d'invectives. J'ai pensé que c'était pour moi. Juste retour des choses. Je ne pouvais pas courir, et marcher à peine. Je me suis hissé jusqu'à la porte. J'ai évalué mes chances de m'en sortir en passant par l'autre immeuble. Elles étaient nulles dans mon état. Alors j'ai fermé la porte de la chambre à clé derrière moi et je me suis enfermé dans les petites toilettes du palier, un recoin discret qui donnait sur la cour. Là, assis de travers sur la cuvette, je voyais par un œil-de-bœuf tout ce qui se passait en bas. Il ne s'y passait plus rien. La voiture était gardée par deux miliciens. Les hommes d'armes étaient en étage. Je m'attendais que des bruits de godillots viennent fracasser le plancher de mon palier. Rien, l'agitation n'était pas montée jusque-là. Puis je l'ai vue, ses cheveux, ses épaules, sa robe légère plaquée par le vent sur sa peau mate. Entre deux bêtes au crâne rasé qui la soulevaient par les aisselles. Ils l'ont jetée dans la traction comme un paquet. Elle était trop grande pour rentrer d'un seul coup. Alors ils l'ont poussée à coups de pied. J'ai vu son front heurter l'arête du toit de la voiture. Ils lui ont appuyé sur la tête pour qu'elle rentre dans l'habitacle. Puis elle a disparu. La voiture est partie. Les oiseaux s'étaient arrêtés de chanter. J'étais toujours assis sur ma cuvette, incapable de me lever, foudroyé. Ils m'avaient pris la femme de ma vie et mon chef de réseau.

J'ai laissé passer une demi-heure avant de sortir de l'immeuble. Dans l'entrée du bâtiment, devant la conciergerie, un petit attroupement s'était formé. Des propriétaires et locataires, tout à leur surprise qu'une jeune fille qui paraissait si bien sur elle, pût être une terroriste. La concierge pérorait. Elle affirmait qu'elle avait toujours eu un doute. Et les autres d'acquiescer

Mila arrêtée, la taverne fermée, je n'avais plus que le bistrot comme contact. Je m'y suis rendu. Je craignais que la Gestapo n'ait déjà déroulé la pelote de laine. Prudent j'ai fait trois fois le tour du pâté de maisons avant de pénétrer dans le petit bar. Le bistrotier et moi n'avions qu'elle en commun.

Lorsque je lui ai dit qu'ils venaient de l'arrêter, il est devenu aussi blanc que le salpêtre de ses murs fatigués. Quand je l'ai interrogé sur la suite, il m'a dit qu'elle était son seul contact, qu'il ne connaissait personne d'autre. Nous étions à présent tous les deux dans un cul-de-sac, une voie de garage. Je ne savais plus où aller, qui contacter. Il était trop dangereux de rentrer dans ma famille. Je ne pouvais le faire sans mettre mes parents en péril. J'ai erré un bon moment dans la ville. J'avais de l'argent et des tickets de rationnement pour tenir encore une dizaine de jours. Le loyer était payé jusqu'à la fin du mois. Je ne pouvais de toute évidence changer quoi que ce soit à mon organisation sans éveiller de soupçons sur moi. Je me suis souvenu de ce que Mila m'avait dit lors de notre première rencontre. Que si elle disparaissait, il fallait m'éloigner trois jours avant de regagner ma chambre et que quelqu'un me fasse signe. Je compris que les trois jours correspondaient à la durée supposée durant laquelle elle risquait d'être torturée et de livrer le réseau. Un délai de franchise face à la vérité de la souffrance. Au lieu de m'éloigner, j'ai regagné ma tanière pour n'en plus bouger. Je n'aurais pas supporté qu'ici-bas ou ailleurs Mila puisse penser qu'à un seul moment, j'ai pu douter qu'elle ne parlerait pas. Je me sentais près d'elle, le ventre rongé par cette peur de la perdre avant de l'avoir vraiment connue. Je me suis terré avec mes provisions et j'ai attendu, sans rien faire sauf à regarder le ciel découpé par les montants du chien assis qui me servait d'ouverture sur le monde.

Les trois jours sont passés. Ni froissement de cuir ni bruit de bottes, bergers allemands et teckels français avaient perdu ma trace dans je ne savais quel marécage de sang. Mila n'avait pas parlé. Elle ne parlerait plus, désormais.

Le cinquième jour après sa disparition, on a frappé à ma porte. Le même morse que celui convenu avec Mila. Ce code présumé connu d'elle seule venait comme une libération. J'ai ouvert la porte sur un grand type en gabardine. Plus chauve qu'il ne voulait le laisser paraître, il avait le visage noble de ceux qui n'ont qu'une idée à la fois et qui s'y tiennent. Sa taille et une façon particulière d'occuper l'espace par de grandes enjambées circulaires m'impressionnaient.

— Mila n'a pas parlé.

Il m'assena ainsi cette réponse à une question que je me serais bien interdit de lui poser.

Il vit à mon expression que je n'en avais jamais douté. Il a ajouté avec un regard qui me scrutait étrangement :

— D'après nos renseignements, elle est sortie vivante des interrogatoires de la Gestapo et de la Milice. Elle est partie hier soir dans un train pour l'Allemagne pour y être probablement exécutée ou déportée, ce qui, selon nos informations, revient à peu près au même. Je suis là pour vous proposer de quitter la France pour l'Angleterre, avant qu'il ne soit trop tard. Nous ne pouvons pas vous convoyer avant quatre jours. Le départ par vol de nuit devrait avoir lieu d'un petit terrain au milieu d'une forêt dans les Landes. Le vol est prévu pour dimanche prochain, décollage à une heure du matin. Du village de Saint-C. que vous trouverez facilement sur une carte, il vous faudra prendre un sentier qui suit le cimetière à droite de l'église. Après une petite demi-heure de marche vous atteindrez un croisement de plusieurs chemins de terre. Avec en face de vous un calvaire. Face à cette croix vous prendrez encore à droite. Après cinq minutes de marche au milieu des pins vous atteindrez le terrain. De là on vous embarquera. Le mot de passe qui vous évitera à coup sûr de prendre une balle est : « L'église sur la colline », traduction libre de Churchill. Si vous n'êtes pas au rendez-vous, il faudra vous débrouiller par vous-même, j'en ai peur, car nous n'aurons plus d'occasion de renouer le contact. L'arrestation de Mila aurait dû faire de vous un chef de réseau. Malheureusement, votre réseau dans son ordre de bataille initial n'est plus utile. Les Alliés ont débarqué il y a deux jours en Normandie. La Résistance va laisser progressivement le pas à l'action armée ouverte. Je n'ai malheureusement aucun contact à vous recommander pour vos étapes successives avant de rejoindre le terrain d'aviation. Je suis vraiment désolé mais il va vous falloir vous débrouiller par vous-même. Je suis encore plus désolé de vous apprendre que la Gestapo est sur vos talons. Par le même canal qui les a amenés vers Mila. Nous croyons savoir qu'ils ont arrêté un fonctionnaire de la préfecture qui avait aidé à la mise en place du réseau, en particulier en favorisant l'infiltration d'une certaine Agathe et de vous-même. J'en conclus que vous devriez partir le plus vite possible, même s'il ne faut pas quatre jours pour rejoindre la piste de décollage. Je crois que je vous ai tout dit. C'est un peu chacun pour soi maintenant.

Avant de partir, sachant que nous ne nous reverrions jamais, il ajouta avec beaucoup de délicatesse :

— Je voulais que vous sachiez que l'Angleterre et les Alliés se souviendront de ce que vous avez fait, Mila et vous.

Je me suis défendu de ce compliment, sincèrement :

— Je n'ai pas l'impression d'avoir fait quoi que ce soit d'extraordinaire.

Il m'a regardé en souriant :

— Vous êtes modeste, c'est une grande qualité…

Je l'ai interrompu :

— C'est peut-être beaucoup vous demander, mais pourriez-vous m'en dire plus sur Mila ?

Ses yeux sont devenus plus profonds qu'une mer du large.

— Je ne pourrais rien vous dire sur elle, qui ne la mette et ne vous mette en péril. Et d'ailleurs nous n'en savons pas tant que cela sur elle. Tout ce que je puis vous dire, c'est qu'elle avait beaucoup d'estime pour vous et qu'elle aurait ou peut-être qu'elle a beaucoup fait pour vous protéger. Je vous dis cela alors que je suis convaincu que plus rien ne peut la sauver. Cette fois-ci je m'en vais. Merci et bonne chance.

Il m'a laissé seul face à un grand désespoir que j'ai voulu convertir en infime espoir. J'ai fait mon sac en essayant de ne penser à rien, ce qui évite dans ces circonstances de s'abuser, en maintenant la souffrance dans un périmètre respectable. J'ai eu un moment d'intense panique parce que je ne retrouvais pas le tricot de ma mère. À l'heure des superstitions, lorsque l'étau se resserre, j'aurais pris sa disparition comme un mauvais présage. En vérifiant que je n'oubliais rien dans les poches du costume, j'ai retrouvé le bout de papier où étaient griffonnés le nom et l'adresse de cette Jacqueline tant aimée par cet officier de tir que j'avais envoyé par le fond. Je me suis promis de respecter ma parole. Plus tard.

Quatre jours sans rien faire, sans savoir où aller, c'est un temps qui semble infini. J'aurais pu partir sans me retourner. Mais il restait Agathe. Cette belle fille aux cheveux blond cendré. Que j'avais manipulée pour la bonne cause. La laisser dans son ignorance était concevable, plus confortable pour elle que de connaître le véritable rôle que nous avions voulu lui faire jouer. Mais je n'avais pas le cœur à l'abandonner là, comme le jouet usagé d'une cause en déconfiture. Une fille si bonne, si facile à manœuvrer. Avant de prendre le chemin de cette piste qui devait m'emmener loin de tout ce tintamarre funeste sur un tapis d'Aladin, j'ai voulu la mettre à l'abri. Lui dire ce qu'elle pouvait comprendre, sans la mettre en danger. Mila ne m'avait jamais dit où elle la logeait. Mais Agathe se vantait de cette chambre de bonne d'où elle voyait le fleuve. J'avais donc l'adresse. Je m'y suis rendu à pied, mon petit paquetage sur le dos. J'ai bien marché une heure avant de trouver cet immeuble classique à l'arrogance bourgeoise qui l'abritait sous le toit. J'ai maudit l'architecte de l'époque qui savait déjà construire sur cinq étages. L'immeuble semblait vide. J'ai frappé à sa porte, courbé par la soupente. Elle est apparue dans l'embrasure de la porte. Derrière elle, un milicien tondu comme un chien galeux. J'ai voulu courir. Deux autres rasés cuir bouchaient les accès. Nous n'avons pas échangé un mot. Ils m'ont poussé devant. Agathe derrière, hébétée. Ils avaient garé leur traction sur l'arrière-cour. De mon petit bout de banquette, je regardais défiler les rives du fleuve. Serein comme celui qui sait qu'il va vers une mort certaine, préoccupé seulement de l'esthétique de celle-ci.

Le débarquement des Alliés sur les côtes normandes à quelques centaines de kilomètres de là n'empêchait pas le drapeau nazi de faseyer sur la Kommandantur avec une indécente gaieté. Ils avaient bel et bien débarqué, mais rien ne disait que les Allemands ne les avaient pas rejetés à la mer. À l'évidence Agathe ne parlerait pas. Pour la simple raison qu'elle ne savait rien. Je le ressentis d'autant plus mal, qu'à ne rien dire ils allaient la prendre pour une dure à cuire et la faire souffrir encore plus longtemps. Pas même la vérité ne pouvait la sauver. Nos chemins se sont séparés dans cette cour lumineuse recouverte de castine qui craquait comme des biscuits sous les semelles cloutées des miliciens. Dans cet hôtel particulier aux plafonds élevés et aux lustres scintillants fricotait la fange de l'humanité. Le va-et-vient incessant en disant long sur la chasse à l'ennemi de l'intérieur. Le mouvement de résistance, que j'avais connu chétif, s'était propagé comme un feu de broussailles. Agathe emmenée je ne sais où, ils m'ont laissé dans une pièce qui ressemblait à une antichambre gardée par un planton. Une belle journée de la fin juin renvoyait une lumière de vacances à travers une grande porte vitrée qui donnait sur un balcon ouvragé. J'ai envisagé un instant de sauter de cette fenêtre et de tenter ma chance. Qui n'était pas plus faible que de survivre à ce qui se préparait. Mais telle n'était pas ma nature. En plus je n'avais pas la condition physique pour le faire. Je suis resté ainsi, plus d'une heure, sans bouger, dans ce salon qui ressemblait à la salle d'attente d'un grand professeur de médecine. À la différence que je n'étais pas là pour être guéri, mais pour qu'on m'y tue.

On m'a conduit à l'étage supérieur le long d'un couloir interminable. Une porte à double battant s'est ouverte sur une grande pièce dont les murs étaient recouverts de boiseries. Au milieu de cette immensité, deux bureaux. Un grand de ministre, perpendiculaire à une table de fonctionnaire de seconde zone derrière laquelle se tenait une secrétaire sans âge dont je ne voyais que le chignon blond et le chemisier blanc. Derrière le bureau de ministre se tenait un officier nazi, sanglé dans un uniforme ajusté sur mesure. On m'a fait asseoir sur une chaise en fer, les mains ligotées dans le dos, au milieu de la pièce. L'Allemand s'est approché de moi comme si on lui présentait une œuvre d'art. Il a fait le tour de ma chaise. Ses yeux exorbités lui prenaient tout un visage dessiné en lame de couteau. Lorsqu'il a croisé mon regard, il a souri. Puis il est parti dans un monologue dont je me souviens mot pour mot. Il parlait avec préciosité dans un français méticuleux qui résultait de beaucoup d'efforts pour chasser son accent germanique.

Le fascisme n'est pas une idéologie, c'est une pathologie. Il en était l'exemple vivant :

— Quand je pense, Monsieur Galmier, a-t-il commencé avec une lenteur affectée, quand je pense que les meilleurs de nos hommes sont sur vos traces depuis l'année 1941. Que depuis 1942, nous avons pu reconstituer vos moindres faits et gestes. Que c'est seulement l'année dernière que nous vous avons perdu dans le Massif central. Et que, au moment le plus fortuit, le plus inattendu, le plus inespéré, vous tombez entre nos mains comme une feuille d'automne qui ne parvient plus à maîtriser sa chute. Nous n'avions à aucun moment prévu de vous arrêter, et voilà que, de la façon la plus maladroite qui soit, vous vous livrez à nous. La providence est de notre côté. Comme vous le voyez, nous savons beaucoup de choses sur vous. Nous savons en particulier que vous n'êtes pas un simple maquisard. Que vous n'êtes pas lié aux gaullistes. Mais que vous recevez vos ordres directement des Anglais qui, parce qu'ils se méfient de De Gaulle, ont monté leurs propres réseaux de renseignement. Je sais aussi, que, depuis plusieurs mois pour ne pas dire une année, vous êtes un informateur auprès des Anglais sur les mouvements de sous-marins sortant de la base et qu'à ce titre vous êtes responsable du grenadage d'au moins trois de nos bâtiments coulés en sortie de rade avec tout leur équipage à bord. Vous pouvez donc vous vanter d'avoir tué au moins trois cents des meilleurs soldats du Reich à vous seul grâce à une propension à la duplicité qu'on ne peut trouver que dans une race inférieure. J'ajoute que, probablement sans le savoir, vous avez déjoué, endormi la vigilance de nos informateurs qui en une occasion ont fait un rapport sur vous, vous qualifiant de Français honnête. J'ai donc, Monsieur Galmier, en face de moi, l'homme responsable à lui seul de la mort du plus grand nombre d'Allemands, dans cette région dont j'ai la responsabilité. Ces états de service dont nous avons la certitude vous prédisposent bien entendu à une mort certaine. Dans le cas que je n'ose envisager où vous ne souhaiteriez pas collaborer avec nous, vous serez torturé pendant plusieurs semaines. Rendu à l'état de loque, vous serez déporté dans un camp de concentration où vous rejoindrez les sous-hommes vos frères qui n'ont pas de place dans le monde que nous sommes en train de construire. Et la déportation, je tiens à vous le dire, c'est plus que la mort, c'est la négation de l'existence, comprenez-vous, c'est un cran au-dessus de la mort. Par simple réalisme, je dirais que le temps n'est pas aujourd'hui à la vengeance. Si vous collaborez avec nous à démanteler les réseaux d'obédience anglaise qui nous causent un préjudice croissant, alors je vous donne ma parole, parce que rien ne peut racheter votre misérable vie, que si les informations que vous nous donnez sont suffisamment substantielles, vous serez abattu d'une simple balle dans la nuque. La sensation d'une piqûre d'insecte puis plus rien. Confortable, n'est-ce pas ? Dans le cas contraire, je vous promets de la douleur, beaucoup de douleur et je vous ravalerai au rang de l'animal le plus vulgaire. Et comme vous, Français, êtes des gens naïfs, qui ne mesurez pas la portée de vos actes, je vous laisse la matinée de demain pour réfléchir. Pour aider à cette réflexion, je vais vous faire placer dans une petite pièce d'où vous pourrez assister à plusieurs interrogatoires masculins et féminins. Si je vous fais cette faveur, c'est que j'ai besoin de vous. Le temps presse… Je vais vous remettre à nos collègues français qui ne sont pas forcément aussi cultivés que vous ou moi pouvons l'être. J'espère que nous nous reverrons, Monsieur Galmier, ne me forcez pas à vous traiter comme un vulgaire « chef de réseau terroriste ». Ah, j'oubliais, nous savons que vous circulez sous une fausse identité depuis trois ans. Nous savons également que vous êtes communiste. Et nous avons identifié vos parents. Pensez à eux également car nous les déporterons aussi, pour la seule raison qu'ils sont vos parents.

Pour un nazi, je l'ai trouvé correct. Il aurait pu me faire croire que ma collaboration allait me sauver la vie. Mieux même, me valoir des vacances dans la verdoyante Bavière aux frais du Reich. Au lieu de cela, il m'offrait le choix entre une mort affligeante et une mort éclair. Il avait tout de même menti sur un point. S'il avait débusqué mes parents, il aurait lâché leur nom pour mieux m'en persuader. Mais à l'évidence, il me surestimait. Le seul lien qui pouvait l'intéresser, c'était celui que j'avais avec Mila. Il me prenait pour le chef de réseau. Le conduire à Mila, c'était l'aider à remonter toute l'organisation. Même si elle était déjà morte, peut-être, là-bas aux confins de la Pologne ou je ne sais où, je savais que je ne pourrais jamais prononcer son nom. Alors je me suis mis à avoir peur. De cette douleur tellement insupportable que la volonté lui devient inféodée, pour finalement vider, dans un abominable vomissement, cette mémoire qui en est la cause. Je n'ai jamais cru qu'on puisse résister à la douleur absolue. Ceux qui n'ont pas parlé sous la torture, c'est que la mort les en a libérés avant que la douleur ne vienne nier le plus profond d'eux-mêmes. La peur m'a envahi comme un liquide chaud injecté dans les veines. Je me suis mis à claquer des os semblable à ces squelettes d'écoles de médecine qu'on trimballe d'une classe à l'autre. Dès ce moment, je n'ai eu qu'une idée. Me balancer, me supprimer, me suicider, que tout ça n'ait jamais existé. Parce que ce n'était pas fait pour moi. Parce que au fond je n'avais aucun courage. Les tremblements qui m'agitaient, spasmes incontrôlables de celui qui vit son instant de vérité, n'ont pas été perçus par mes gardiens qui m'ont levé comme un vieillard qu'on sort de sa petite chaise. Comme s'ils avaient deviné mes pensées, ils m'ont tenu bien serré jusqu'à la voiture qui m'emmenait à la prison centrale de la ville, forteresse de parias dans un monde policé qui paraissait insensible aux événements.

Pour me préparer à la suite, ils m'ont installé dans une cellule en contrebas, dont les murs en pierre suintaient la nappe phréatique. Mes quatre codétenus puaient le sang et l'urine. Une seule bannette pour nous cinq. Nul ne parlait à personne. Chacun soupçonnant parmi nous la présence d'un indicateur. Deux types tuméfiés gisaient recroquevillés dans un coin de la cellule. Celui qui occupait le lit s'était endormi sur le côté, les deux bras versant dans le vide, une mauvaise blessure suintant goutte à goutte sur le sol au rythme d'une fin d'averse. Le quatrième homme se tenait debout, appuyé contre un mur, le regard bas, les pommettes violacées, une grande mèche noire lui barrant le front. Comme j'étais flambant neuf, la suspicion s'est portée sur moi. J'en ai souri dans mon for intérieur, leur donnant jusqu'au lendemain soir pour changer d'avis. Le gardien passait toutes les demi-heures. Son visage couperosé barré d'une petite moustache bien entretenue venait s'écraser contre les barreaux de la lucarne pendant que deux yeux de veau nouveau-né balayaient la cellule. Ça lui prenait une bonne minute pour nous compter tous les cinq.

Le type debout a attendu qu'il referme la lucarne pour me lancer :

— Tu vois, mon vieux, quand on parle d'humanité, on parle de celui-là aussi. C'est tout de même bien de le rappeler.

Il affichait un sourire narquois déformé par une lèvre gonflée, fendue comme une saucisse saisie par l'eau bouillante.

— Si tu as besoin d'aller aux toilettes, il faut passer commande une bonne demi-heure à l'avance. C'est dans le couloir un peu plus loin. Les gardiens nous y conduisent menottés. Il paraît qu'ils sont débordés, a-t-il ajouté, l'œil goguenard. Essaie de tout faire en même temps, parce que si c'est juste une envie de pisser, ils ne se déplacent pas. Ce qui est bien dommage pour les camarades de cellule, comme tu peux le sentir.

En le voyant de plus près, je lui ai trouvé une bonne tête. Il devait avoir une petite dizaine d'années de plus que moi. Sentant que je scrutais son visage, il a continué :

— Jusqu'à ton arrivée c'était moi le moins ancien dans cette cellule. Ils ont commencé à m'entreprendre vers les onze heures ce matin. On en était aux amuse-gueules quand ils m'ont ramené à ma cellule sans un mot d'explication. Il devait y avoir une urgence. Peut-être une huile de la Résistance tombée dans les filets ce matin. Ils m'ont mis quelques coups de poing à tour de rôle, un peu comme un échauffement. Mais le cœur n'y était pas. Ça sentait la routine de fonctionnaire. Ils ne savent plus où ils en sont. Les Alliés approchent, ce qui met les maquis en effervescence. Ils multiplient les arrestations, empressés de tirer le jus des camarades qui se font attraper. Normalement, la torture ici ne dure pas plus de deux ou trois jours. Et dans une journée ce n'est jamais plus long qu'une heure et demie. Sauf si tu es un type important. Mais ça, il n'y a que toi qui puisses le savoir.

— Et que se passe-t-il au bout des trois jours ? me suis-je empressé de lui demander.

— Ils te fusillent dans la cour de la prison. Ou ils t'envoient en déportation. Et là tu finis découpé en petits morceaux, prêt à l'emploi pour l'industrie allemande. Ils font du savon avec ta graisse, des oreillers avec tes cheveux ils recyclent tes plombages et te volent tes dents en or si tu en as. C'est encore pire. Crois-moi, il vaut mieux être fusillé. J'ai l'impression qu'ils réservent la déportation à ceux qui dans leur esprit méritent plus que la mort : l'humiliation et la négation de leur existence. Les nazis auront montré à l'humanité qu'ils pouvaient faire plus que de faire mourir les gens. C'est tout ce qui restera d'eux.

Nous sommes restés tous les deux plusieurs minutes sans dire un mot, le sang pris progressivement par les glaces comme un chalutier perdu dans les mers du pôle qui sait qu'il finira brisé. Nous n'entendions que le râle de nos camarades de cellule, momies sanglantes et pétrifiées de douleur. Puis mon interlocuteur a repris notre conversation :

— La seule façon de s'en sortir sans parler, c'est de tomber dans les pommes le plus souvent possible. Ils finissent par se lasser de réveiller les types qui s'évanouissent. Quand ils en ont marre, ils les remontent. Tu peux aussi faire semblant de partir. Mais ne le fais pas trop tôt, parce que, s'ils se rendent compte que tu simules, ils chercheront ensuite à te réveiller coûte que coûte, même si t'es déjà mort.

Je savais d'instinct que ce type était de notre côté, qu'il n'avait pas été mis là pour recueillir des confidences ou des aveux d'appartenance à un réseau.

Je l'ai pris par le bras :

— Je peux te demander un service ?

Circonspect, il m'a regardé avant de sourire :

— Si je le peux, ce sera bien volontiers.

— Je voudrais te demander de m'aider à mourir.

Ça n'a pas eu l'air de l'étonner.

— Quand tu aides quelqu'un à mourir ici, c'est pire que si tu l'aidais à s'échapper. Parce que lorsque tu aides quelqu'un à s'échapper, ils savent qu'ils ont une chance de le reprendre. Mais il y a des services qui ne se refusent pas. Comment tu veux faire puisqu'ils t'ont enlevé ta ceinture et tes lacets ?

— Avec mon pantalon. Me pendre avec mon pantalon.

— Tu vas te pendre où ?

J'ai regardé le plafond. Aucun élément pour y pendre même un jambon.

— C'est pour ça que je te demande de m'aider. Je vais faire un nœud avec une jambe du pantalon et tu vas tourner jusqu'à l'étouffement.

Il a souri une nouvelle fois :

— Et tu vas mourir comme ça, en culotte. Pense à la postérité, mon vieux. Tu ne voudrais quand même pas qu'on se rappelle de toi comme le type qui est mort en culotte avec son pantalon noué autour du cou. Un peu de dignité, vieux, c'est tout ce qui restera de nous.

Je me suis senti ridicule et me suis tu. Je savais que je suivais Mila pas à pas. Le courage m'abandonnait. La perspective de la douleur, de la déchéance m'était insupportable. Je n'avais pas la force de faire honneur à sa mémoire, de mourir avec courage. À quoi sert le courage si on sait qu'on va mourir ? Qu'importe pour les morts, le souvenir qu'ils laissent aux vivants. Et pourtant c'est le seul moyen de survivre encore un peu. Mais je n'en avais pas la force.

On a ouvert la porte. Œil de veau, gardien fidèle de convictions qu'il ne pouvait même pas comprendre, s'est effacé devant un grand type à la peau mate habillé du costume sombre à rayures d'un directeur de banque. Un Français. Il a fait le tour des pensionnaires de la cellule comme un chef de clinique fait celui de ses malades. Mais là, pas de courbe de température, que des magmas sanguinolents qui coagulent dans le désordre. Il semblait content de lui, d'avoir atteint son objectif, des morts pas tout à fait morts qui peuvent souffrir encore un peu, lâcher un mot utile avant de flancher pour de bon. Il s'est approché de mon camarade de cellule encore debout :

— Un petit contretemps n'a pas permis de continuer notre conversation ce matin, la Kommandantur m'a appelé d'urgence. Mais ce n'est que partie remise. Demain matin à la première heure. Je pensais à ce soir mais nous sommes dimanche et je manque d'effectifs. Je vais en profiter pour dîner. Vous servirez d'initiation à notre jeune ami ici présent.

Il s'est approché de moi en me dévisageant :

— Vous assisterez un moment à l'interrogatoire de votre compagnon puis, si vous avez encore quelque réticence à la sagesse, on vous conduira au quartier des dames assister à l'interrogatoire de votre amie, comment se prénomme t-elle déjà ? Agathe, c'est cela. Comme je suis assez bien informé pour savoir qu'elle n'a pas grand-chose à dire parce qu'elle ne sait rien, je pressens donc un spectacle avec quelques longueurs, de mon point de vue, inutiles, mais c'est à vous d'en juger. C'est ça aussi, le terrorisme, Monsieur Galmier, il arrive qu'on ait la responsabilité des autres. Eh bien, il faut l'assumer jusqu'au bout. Demain au lever du jour, nous commençons avec votre compagnon ici présent. J'insiste sur ce point, Monsieur Galmier, pendant que vous assisterez à son questionnement, celui d'Agathe commencera dans le quartier des femmes. Je ne voudrais pas qu'il y ait de malentendu. Et s'il vous vient l'idée de parler, vous pouvez appeler le gardien à tout moment et je vous promets d'être dehors, demain, avant midi.

Il a attendu quelques secondes pour se repaître de son effet :

— C'est une version un peu différente de celle qui vous a été proposée par la Gestapo. Je dois dire que je suis assez content de les avoir convaincus de vous libérer. Vous tuer ne servirait à rien si vous parlez. On ne construit pas sur la vengeance. Et sans cela, comment vous donner des perspectives. Il faut être plus fin que ça, et la finesse, je dois dire, n'est pas la première qualité des Allemands.

Il se mit à rire de sa petite insolence avant d'ajouter :

— Mais ils en ont bien d'autres, des qualités.

Il a jeté un dernier regard circulaire sur la cellule en lançant :

— Je ne vous félicite pas pour l'odeur. Après, on s'étonne que les Allemands nous prennent nous, Français, pour des gens sales.

La porte refermée sur notre auge, nous sommes restés un bon moment sans parler à écouter le ruissellement des murs. Saoulés par le langage châtié du milicien et l'énoncé de son programme. Mon camarade valide s'est approché de moi pour me serrer la main :

— Je m'appelle Antoine Vaillant. Et je le suis moins que mon nom. Et toi c'est ?

— Pierre Galmier.

— Tu dois être un gros calibre.

Je n'ai rien répondu puis il a repris :

— Est-ce que tu crois qu'il était sincère quand il a dit qu'il te laisserait partir si tu parlais ?

Je fis non de la tête.

— Eh bien moi, je suis persuadé qu'il était sincère.

— Et pourquoi ? ai-je répondu alors que je n'y croyais pas du tout.

— Parce que je pense qu'ils ne vont pas te torturer. Au plus pour la forme. Parce qu'ils sont persuadés qu'une fois dehors tu vas les conduire au seul type qui les intéresse. Ils sont pressés. Tu n'as rien du dur à cuire. Ils n'ont pas intérêt à risquer ta mort sous la torture. Je suis certain qu'ils sont bien renseignés. Qu'ils savent que tu n'en sais pas tant que ça parce que ton réseau doit être bien cloisonné. Ils ont intérêt à te laisser partir et à te filer le train.

— Comment sais-tu tout ça ?

Il a baissé la voix pour n'être entendu que de moi.

— Parce qu'ils ont suspendu mon interrogatoire en me proposant un marché : te faire parler cette nuit pour en savoir le maximum d'ici demain. J'ai accepté. C'est toujours ça de gagné. Mais si demain je n'ai rien à leur dire, je vais passer un mauvais moment. Si tu veux me rendre un service, tu me racontes une histoire aussi proche que possible de la vérité. Comme ça je pourrai encore gagner un peu de temps. Tu as toute la nuit pour monter un bateau qui flotte. Gagner du temps, c'est la seule chose qui reste à faire. Les Alliés ne sont vraiment pas très loin.

— Dis-leur qu'on m'attend dans cinq jours dans la campagne dans les Charentes. De là on doit m'amener sur un terrain pour prendre un avion pour l'Angleterre. Celui qui m'attend, je ne le connais que de vue, mais lui me connaît bien.

— Bon, je vais leur raconter ça, tu leur diras la même chose en essayant de broder. Je ne pense pas que ça me sauvera la vie, mais avec un peu de chance, ils m'enverront au peloton directement demain soir, sans trop me cuisiner. Maintenant, si tu veux, on va faire une partie de dés. Ils me les ont laissés.

Nous avons joué aux dés jusqu'à l'aube, éclairés par la seule lumière du couloir, avec, comme bruit de fond, la plainte de nos compagnons. Nous n'avons plus parlé de rien pour ne pas nous mettre plus en danger que nous ne l'étions. J'avais repris confiance, rassuré d'être peut-être traité par la ruse davantage que par la force.

Au matin, révélé par l'agitation plus que par la lumière, ils sont venus. Ils nous ont emmenés, Antoine et moi, à travers les méandres glacés de cet immense caveau. J'ai tenté de voir le jour de cet été qui s'annonçait comme le dernier. Je n'en avais connu que vingt-trois, et on avait décidé quelque part que c'était bien assez. Ils m'ont installé dans une sorte de niche, au spectacle, attaché à une chaise devenue bancale à force de s'en servir pour taper sur des prisonniers qui ne voulaient pas lâcher leurs copains. J'ai attendu comme ça, des fourmis plein les membres, qu'on amène un supplicié pour me rendre sa torture intolérable. Et puis rien n'est venu. Une bonne demi-heure s'est écoulée dans un silence glacé. Le rideau ne parvenait pas à s'ouvrir sur cette scène confidentielle de l'horreur annoncée. Je me suis demandé si

Antoine n'était pas parvenu à retarder l'échéance par ses révélations. S'ils n'allaient pas me demander de les conduire à mon rendez-vous avec mon correspondant anglais. Ce qui me laissait, l'air de rien, trois jours francs avant qu'ils réalisent que je les avais menés sur une fausse piste et qu'ils me tirent négligemment une balle en pleine tête, dans une campagne tout à sa floraison. Ils sont venus me reprendre, ont défait les liens qui m'enserraient les jambes et m'ont poussé devant eux, à coups de crosse, comme une vache qu'on mène au pré. Ils m'ont tiré jusqu'à la cour de la prison où, aveuglé par la lumière, je n'ai entendu que la clameur d'une foule égarée. Tous les prisonniers avaient été réunis dans la cour.

Antoine s'est approché de moi :

— Les Alliés approchent, ils vont tous nous fusiller.

Pas très loin de nous se tenait le milicien qui était venu nous border la veille. Il avait perdu de sa superbe, le visage blanc comme un plâtre frais. Il était toujours aussi grand et dominait d'une tête des officiers allemands qui s'agitaient autour de lui. Antoine en avait profité pour se rapprocher d'eux juste devant le peloton en armes de soldats allemands qui nous maintenaient contre un mur. Il est revenu pour me dire qu'il avait entendu des bribes de leur conversation en allemand. Qu'ils parlaient de faire deux groupes. Un pour être fusillé tout de suite. Un autre pour les accompagner dans des trains vers l'Allemagne, ultime rempart de chair contre un ennemi à la reconquête.

— Pourquoi ne veulent-ils pas fusiller tout le monde ?

— Certainement pour se faire un bouclier humain contre les mitraillages alliés. Une voiture de soldats, une voiture de prisonniers, etc. Et puis en Allemagne, il sera toujours temps de nous cuisiner.

— Ça veut dire qu'ils vont emmener les plus importants ?

Antoine a souri de ses muscles faciaux fatigués.

— Ça serait logique, mais la logique chez les malades mentaux...

Les deux officiers allemands et leur compère français ont finalement cessé leur conciliabule et le plus gradé des deux Boches a exigé le silence en hurlant avant de poursuivre, exalté :

— Nous allons passer parmi les rangs. Ceux qui seront désignés rejoindront le mur en face. Les autres restent là où ils sont.

Il était impossible de savoir lequel des deux tas était destiné à la fusillade. Ils sont alors passés parmi nous avec leur liste de prisonniers, effectuant un tri méthodique. Je me suis trouvé contre le mur d'en face et Antoine est resté à sa place. J'ai pensé que nos destins qui nous étaient encore inconnus ne se croiseraient plus. Puis j'ai compris à quelques mots échangés dans un allemand vulgaire que notre groupe allait être dirigé vers la sortie. Et Antoine fusillé. À ce moment-là, le grand milicien est passé devant moi. Je l'ai interpellé en l'affublant d'un titre au hasard mais le plus haut possible :

— Monsieur le Commissaire, s'il vous plaît !

Il m'a toisé avec la condescendance d'un loup interpellé par un agneau.

— Qu'est-ce que vous voulez ?

Je me suis redressé pour lui montrer que j'avais confiance en moi.

— J'ai un marché à vous proposer.

Il m'a regardé dubitatif mais le coin de mépris avait quitté ses lèvres. Il m'a fait signe d'approcher. J'ai fait deux pas dans sa direction. Il a tendu l'oreille sans me regarder.

— Je pourrai vous rendre un grand service, plus tard, en témoignant en votre faveur. Quand je dirai que vous avez courageusement sauvé trois Français de la fusillade, vous aurez sauvé votre peau. Vous avez ma parole d'honneur. Je ne suis pas le plus important, mais je crois que j'ai une certaine importance. Le train ne parviendra pas jusqu'en Allemagne, et vous savez qui je suis. Je vous demande simplement d'ajouter Agathe, cette femme que vous avez arrêtée en même temps que moi, et Antoine Vaillant qui est en face, à la liste de départ pour l'Allemagne. Et je vous jure que vous aurez notre témoignage à tous trois.

J'ai cru un moment, le sang glacé, qu'il allait me remettre dans le tas des fusillés. Et puis il a dû comprendre qu'il n'avait rien à perdre à me croire et qu'en plus ça ne lui coûtait rien. Je l'ai vu faire signe à un soldat, lui dire trois mots en désignant Antoine. Il a été le chercher et l'a mené près de moi en le tirant par la manche.

Antoine m'a regardé ahuri :

— Les fusillés c'est en face, n'est-ce pas ?

Je l'ai regardé en faisant une moue satisfaite :

— Tu crois quand même pas que je t'aurais fait venir, pour avoir de la compagnie pendant l'exécution ?

— Mais alors t'as fait comment ?

— Tout simplement, je lui ai dit de te changer de tas.

— Et il l'a fait ?

— La preuve.

— Ben alors là, tu m'épates.

— Il était temps, non.

Et puis on s'est mis à rire. Comme si c'était la dernière fois.

Ils nous ont poussés dans des camions qui nous aspiraient par paquets de trente. Sur des plates-formes bâchées où chacun tentait de trouver sa place. Nous étions, Antoine et moi, les deux seuls présentables. Les autres se trimballaient à la peine, le regard sans vie. Résignés à n'être plus rien. Réduits à regarder sécher des plaies que l'ennemi pouvait rouvrir à loisir.

Ils avaient finalement fait un deuxième tri. Condamnant les plus atteints, ceux qui allaient retarder le convoi. Nos gardes rechignaient à l'encombrement.

Ils nous ont chargés dans une gare de triage, à l'abri du regard des civils, qui n'avaient pourtant plus de trains pour nulle part. Deux chiens de berger nous ont convaincus de monter plus vite dans les voitures. Des wagons de marchandises en planches épaisses, sans lucarnes, fermées par une porte coulissante. Une odeur de cabane en bois le soir d'une journée ensoleillée. Je ruisselais déjà. J'ai vu les femmes poussées dans l'avant-dernier wagon. Dans le nôtre, chacun s'affairait à être le premier comme si on allait choisir notre siège, couloir ou fenêtre. Le mouvement a molli quand on a tous compris que c'était de la première classe de bétaillère et qu'on allait nous entasser si serrés, qu'il ne viendrait à personne l'idée de se laisser tomber de fatigue. On s'est retrouvé comme ça, emboîtés les uns dans les autres, par une compression qui nous jetait la bouche grande ouverte vers le plafond, là où une petite cheminée était censée nous donner de l'air. Quand ils ont fait coulisser la porte derrière nous, j'ai compris que je ne pourrais plus respirer qu'à demi-poumons jusqu'à ce que la nature fasse son travail, en éliminant les plus faibles. Le train s'est ébroué dans une moiteur africaine. Je découvrais la promiscuité, moi le fils unique qui n'avait connu ni le pensionnat ni les camps scouts. J'avais le ventre et le dos écrasé par mes camarades qui ne savaient pas où ranger leurs bras. Antoine était contre moi. On cherchait la position idéale. Je commençais à regretter de l'avoir sorti du peloton pour le conduire dans une mort au compte-gouttes. Il était dans mon dos. Devant, un petit gars m'écrasait les testicules avec son coude. J'avais encore la force de râler :

— Dis donc, toi, soit tu te décides à grandir, soit tu vires ton poignard osseux de mon entre-jambe.

— J'fais ce que je peux, vieux, je suis sur la pointe des pieds, sinon j'arrive pas à respirer.

Je l'ai hissé et il a tenu en l'air une bonne heure, les pieds à trente centimètres du sol par la pression des forces contraires. Il ressemblait à un petit chiot qu'on tient par la peau du cou avec son col de chemise qui lui remontait sur les oreilles. Il y avait deux jours encore, c'était peut-être un maquisard, un de ces types qui faisaient sauter des ponts. Ça n'a pas pris une demi-heure pour que l'odeur de bois brûlé ne se transforme en une puanteur de synthèse, entre hôpital et vestiaire de stade. Et toujours pas le moindre brin d'air, dans ce train qui fuyait la dignité. Il ralentissait parfois. Et repartait de plus belle au moment où nous croyions qu'il allait s'arrêter pour de bon. Des râles montaient de la nuit. Supplantés au fil des heures par les cris de ceux qui, épuisés, avaient cru trouver le répit en se laissant glisser par terre. La houle les avait rattrapés, piétinés par leurs frères bien obligés de poser les pieds quelque part. On s'entre-tuait de lassitude, en foulant notre cause qui semblait bien lointaine.

Je me suis finalement assoupi, debout, comme les chevaux, l'œil retourné dans son orbite, à l'affût du moindre arrêt qui ne venait pas. Lorsque le train s'est arrêté pour de bon, je n'y ai pas cru. La porte a coulissé, projetant une lumière aveuglante sur ces suppliciés auxquels il ne manquait qu'une robe de bure. Le wagon a vomi ceux qui tenaient encore debout. Les Allemands se tenaient en ligne, leurs fusils pointés vers nous. L'uniforme défraîchi, une barbe de deux jours, le Reich avait la gueule de bois. Chaque prisonnier n'avait qu'une idée. Trouver un coin tranquille pour se soulager. Mais les arbres se trouvaient derrière les Allemands. Alors on s'est résigné. Dans un concert pitoyable. Plus loin, je voyais les femmes. Accrochées à ce qui leur restait de pudeur. Ils nous ont fait dégager les morts avant de nous distribuer quelques miches de pain rassis en nombre insuffisant. Pour le plaisir de nous voir nous entre-tuer pour une survie dont ils possédaient seuls la clé. Un jeune en a profité pour essayer de se faire la belle. On l'a vu sauter comme un cabri pour tenter de s'enfoncer dans cette campagne épaisse qui devait être celle du centre de la France. Ils n'ont pas été longs à retrouver leur instinct de prédateur. Une balle a suffi pour l'étendre. Je n'avais rien mangé depuis trois jours. Antoine non plus. On était tenté de se battre pour un bout de croûte. Puis on s'est dit que ça ne changerait rien. Sauf la considération qu'on avait pour nous-mêmes. Ils nous ont fait remonter dans les voitures. On est reparti. Pas mieux qu'avant. Les morts ne nous avaient pas fait gagner de place. On s'est recalé Paul et moi. Bien décidés à survivre. Dix heures plus tard, à l'estimé, on était toujours là, dans ce petit train de campagne qui ne disait rien sur l'abattoir auquel il nous destinait. L'eau distribuée par les Allemands devait être croupie. À la puanteur qui dominait maintenant ça ne faisait pas de doute. On en regrettait presque l'odeur de transpiration et de sang séché. Alors Antoine m'a dit :

— Ben dis donc, vieux, si c'est bien en savon qu'ils veulent nous transformer, je plains celui qui va se laver avec nous.

Un type un peu plus loin s'est mis à rire, pour se prouver à lui-même qu'il était bien vivant. Le train s'est arrêté. Les portes se sont ouvertes. Les choses se sont déroulées dans le même ordre que la première fois. Évacuation des morts, soulagement collectif, pain rassis, eau croupie. J'ai vu les femmes encore une fois. La pudeur les avait abandonnées. J'ai compris que nous ne parviendrions jamais jusqu'en Allemagne. J'ai essayé d'apercevoir Agathe. Je l'ai vu accroupie et j'ai détourné mon regard. Il était de toute façon trop tard pour m'excuser de l'avoir entraînée dans ce malheur. Au moment de remonter dans les wagons on a entendu un vrombissement sourd. Avant de savoir s'il s'agissait d'une machine agricole ou d'un avion, on s'est retrouvés mitraillés comme à la fête foraine. Il en venait de partout, des avions. Qui volaient suffisamment bas pour que je reconnaisse la cocarde anglaise. Les Allemands s'étaient déjà couchés sous les wagons. On avait le choix de les rejoindre, ou de courir dans le bois de l'autre côté du ballast. J'ai pris Antoine par la manche. J'ai voulu croire à ma destinée. Que je ne pouvais pas mourir sous les balles de ceux avec qui j'avais combattu dans l'ombre. On a couru le long des voitures jusqu'à celle des femmes. J'ai appelé Agathe mais elle ne répondait pas. Je l'ai retrouvée titubante, appuyée contre un arbre, perdue. Nous sommes partis tous les trois dans la forêt alors que la chasse finissait son virage et qu'un bombardier venait vider son chapelet sur la locomotive. Nous avons fait une centaine de mètres dans un chemin mangé par les ronces. Je ne voulais pas qu'on s'arrête, persuadé qu'une fois leurs émotions passées, les Allemands allaient tenter de récupérer leur butin. Je me suis retourné pour leur demander de presser le pas. Derrière Agathe, j'ai vu Antoine effondré, face contre terre. Aucune trace de balle dans le dos ou à l'arrière des jambes. Je l'ai retourné pour voir où il avait été touché. Rien, les yeux simplement révulsés. Il était mort d'épuisement. J'ai pris sa tête dans mes bras, et j'ai pleuré l'ami perdu et l'absurdité de ce corps éteint qui ne devait pas avoir trente ans. Le bombardement était passé. Les Allemands couraient dans tous les sens, sans plus la moindre considération pour leurs victimes éparpillées dans la forêt.

Ma guerre était finie. Et avec elle, ma jeunesse.

Je suis remonté sur Paris libéré. La France exultait. J'étais dans l'état dans lequel sont certaines femmes après un accouchement. Déprimé comme si la Libération me privait de ce qui avait été ma raison de vivre pendant trois ans. La liesse m'accablait. Parce que les foules sont toujours promptes à fêter ce qui les arrange. Et à donner de l'enthousiasme au dernier qui a parlé. À célébrer l'effort qu'elles n'ont pas fait. À lyncher le perdant qu'elles adulaient encore hier. Agathe était avec moi. Un bonbon souriant. Elle semblait déjà avoir oublié cette histoire qui avait attenté à sa pudeur. Nous avons marché le long du champ de courses dans nos guenilles malodorantes sous le regard du bourgeois qui se demandait d'où on sortait. Je m'étais convaincu, tout au long de ce trajet qui nous ramenait du Sud, que j'allais retrouver mes deux parents. Je me suis mis à douter alors que le petit toit de la meulière se dessinait dans un ciel gris clair. Le soir tombait. Il y avait de la lumière. Un des deux devait bien être là. Je suis passé par le petit jardin qui donnait sur la Marne. La porte était restée ouverte. Comme mon père me l'avait promis. Dans les petits carreaux de la porte, j'ai vu leurs deux têtes se dessiner. J'ai ouvert d'un coup. Mon père a levé la tête de son journal. Ma mère s'est essuyé les mains dans son torchon de cuisine. On a tous pleuré. Pour nous laisser le temps de penser à ce qu'on allait se dire. On était pas là depuis dix minutes que le reste de la famille a débarqué. Mon oncle m'a pris dans ses bras pour ne plus me lâcher. De grosses larmes coulaient le long de son bandeau noir. La fierté qu'il avait de moi me faisait du bien, il la tenait enfin, sa der des ders. Ma cousine sautait comme un cabri avant de retourner chez elle prendre des vêtements propres pour Agathe. Ce fut le plus beau dîner de mémoire de notre famille, même s'il n'y avait que du lamentable dans les assiettes.

Je me suis couché grisé par le vin que mon père nous avait offert. Ses derniers grands crus, vestiges d'une collection qui s'était arrêtée avant guerre. On a couché Agathe dans le salon, sur le canapé. Ma mère s'en est excusée, parce qu'elle ne savait pas où on avait dormi les jours précédents. J'ai retrouvé ma chambre. Plus tout à fait une chambre d'enfant. Elle ne s'attendait pas non plus à voir revenir un adulte. Je me suis réveillé au milieu de la nuit. Harcelé par le souvenir de Mila qui semblait si loin maintenant que tout était assagi. Elle avait pris le même train. La même faim, la même soif, les mêmes odeurs décomposées. Le rangement vertical qui n'autorise ni le sommeil ni la veille. L'extinction aléatoire. Je m'étais réveillé en sursaut frappé par l'évidence qu'elle n'avait pas pu survivre à un voyage qui devait être trois ou quatre fois plus long que celui qu'Antoine n'avait pas supporté. Je devais me résigner à un deuil sans cadavre. Et si je ne pouvais pas l'enterrer, elle, je devais inhumer l'histoire d'amour de ma vie. J'ai voulu croire qu'il restait un espoir, parce que je n'avais pas le courage d'accepter qu'il n'y en ait aucun.

À la joie de nous retrouver, on ne s'était rien dit sur les années passées. Trop douloureuses pour être évoquées à chaud. Le lendemain, pour m'activer, j'ai repris les choses où je les avais laissées. Au regard de cette société qui sentait la viande faisandée, je n'étais plus rien. On m'avait enterré. Rayé de l'état civil. Il fallait pourtant que je travaille à ma réhabilitation. Je me suis rendu à la mairie dès la première heure. À l'état civil, un type d'une cinquantaine d'années planqué derrière une barbe qui ne parvenait pas à s'assouplir m'a toisé d'entrée pour me signifier son importance. La démarche était complexe. Expliquer à un fonctionnaire la résurrection d'un mort est une entreprise hasardeuse.

— Qu'est-ce que je peux faire pour vous ?

m'a-t-il demandé d'un air qui en espérait le moins possible.

— Je viens pour une affaire délicate.

J'ai compris que j'y avais été trop fort. Il s'est fermé à double tour. Je lui avais passé le ballon, il ne savait pas qu'en faire.

— C'est-à-dire?

— Voilà, en deux mots, pour entrer dans la Résistance, j'ai été obligé de changer d'identité.

Il est resté impassible, fermé comme une huître qui s'en veut d'avoir bâillé.

— Vous n'avez qu'à reprendre l'ancienne, m'a-t-il répondu, soulagé d'avoir la solution.

— Le problème, c'est qu'au regard de mon ancien état civil, je suis mort.

C'en était trop pour lui, je l'ai senti me détester.

— Voyons ça. Votre nom c'est quoi?

— Pierre Joubert.

— Vous êtes de la commune au moins, parce que sinon ça ne me regarde pas.

— Je suis né et mort ici.

Je l'épouvantais.

— Un moment.

Il s'est éclipsé dans une arrière-salle où je l'ai vu entreprendre ses collègues sur mon cas. Ils se sont tous levés comme des autruches curieuses en allongeant le cou pour voir le phénomène. Il est revenu avec le registre des décès.

Il l'a lâché sur le comptoir pensant que le bruit de la chute allait lui donner de l'importance.

— Et ce décès remonte à quand ?

Je lui ai donné la date exacte. Il a feuilleté sa bible des morts sans se presser.

— Pierre Joubert, c'est ça, bien mort, il n'y a pas de doute. Il y a même la référence d'un certificat de décès délivré par le docteur Monrozier. Mort lui-même depuis. Fusillé par les Allemands. Ce qui n'arrange pas votre problème.

— Pourquoi, parce qu'il a été tué par les Allemands.

— Non, parce qu'il ne peut plus témoigner.

— Et qu'est-ce que ça fait ?

Je l'ai senti excédé.

— Écoutez, votre problème me dépasse. Je vais voir si mon supérieur peut vous recevoir. Je ne vous garantis rien.

Je l'ai vu derrière la vitre en grand conciliabule avec ledit supérieur qui avait étalé son journal devant lui. Il est revenu sans se presser.

— Il faudrait prendre rendez-vous.

Je suis devenu tout rouge.

— Dites-lui que, s'il ne me reçoit pas maintenant, je reviendrai et accompagné par-dessus le marché !

Je ne savais pas vraiment ce que je voulais dire mais le fossile a compris que ça sentait la menace.

— Je reviens, m'a-t-il dit avec un air qui devait laisser supposer qu'il n'y était pour rien.

Le supérieur est finalement apparu par une porte sur le côté et m'a fait signe de le suivre. Il m'a fait rentrer dans un petit bureau. Le mur crème tirant sur le jaune faisait contraste avec le rectangle gris d'un cadre démonté. Certainement la photo du Maréchal.

— Mon collabor... mon collègue m'a fait part de votre problème. Je suis désolé, mais vous êtes mort dans les règles si tant est que ce soit le cas. Et le médecin qui a délivré le certificat a été lui-même exécuté par les Allemands. Je ne vois pas comment vous ressusciter.

J'ai pris le temps de réfléchir un peu.

— C'est quand même pas difficile. J'ai été enterré à trois cents mètres d'ici dans le caveau familial. Faites ouvrir le caveau par des employés municipaux et vous verrez qu'il n'y a personne dans le cercueil. Je peux même vous dire que vous trouverez une feuille de papier avec écrit : « Vive la France, mort aux Boches. »

— Vous avez certainement raison, mais ça ne

serait pas la première fois qu'un cadavre se promène. Vous savez, on n'en fait pas grande publicité, mais il arrive qu'on nous en pique, des cercueils. Juste pour voler une bague ou un collier qui serait resté sur une défunte. Alors, toute votre histoire ça ne prouve rien. Par ailleurs on me dit que vous êtes résistant, je suis tout prêt à le croire. Mais voyez-vous, si aujourd'hui on recensait tous les résistants proclamés, on en trouverait au moins quarante-cinq millions, pour quarante millions de Français. Je suis convaincu de votre bonne foi mais comprenez que dans le désordre dans lequel nous vivons, on ne peut pas faire grand-chose. Pour l'instant, il faut attendre qu'on reçoive des instructions et des procédures. Après on verra. Vous avez bien des papiers, non ?

— Oui, mais ils sont faux.

Il m'a regardé consterné.

— En plus vous avez des faux papiers !

— Si j'en avais des vrais, je ne serais pas là.

— Non, mais vous auriez pu ne pas en avoir du tout.

— Vous en connaissez beaucoup, vous, des gens qui se sont trimballés trois ans sans papiers ?

Il a eu l'air étonné.

— Non, mais j'en connais beaucoup qui n'ont pas bougé. En tout cas, je vous conseille la patience, faites-vous déjà recenser comme résistant si ça se présente. Mais ne vous méprenez pas, ça va prendre un certain temps.

— Et comment je fais pour reprendre mes cours en deuxième année ?

— Ça, je crains que vous ne deviez tout reprendre de zéro. Pour l'instant.

— Si je me représente en maternelle, vous croyez que ça peut marcher ?

Il frisait la colère.

— Écoutez, monsieur, je ne suis pas responsable des difficultés dans lesquelles vous vous êtes mis. Maintenant, sachez que l'administration n'est pas là pour régler des cas individuels. S'il s'avère que vous êtes plusieurs dans le même cas, eh bien, le ministère sortira une circulaire. Sinon, il ne vous restera plus qu'à vivre sous votre nouvelle identité avec les risques que ça comporte de circuler avec des faux papiers. Je ne vois pas ce que je pourrais vous dire d'autre.

Il s'est levé, m'a salué poliment au cas où.

La France des collaborateurs qui avaient cru bien faire laissait place à celle des récupérateurs. Ceux qui, pendant toute la guerre, s'étaient tapis dans une flaque d'eau comme un gros chien poilu qui cherche à se faire discret. Ils en étaient sortis le poil mouillé avec l'épaisseur d'un lévrier famélique. On les voyait maintenant s'ébrouer pour retrouver leur volume d'avant-guerre. Celui qui avait crié « mort aux nazis », tout seul dans sa cave en pleine nuit, s'inventait un passé de résistant profitant de ce que les vrais, eux, s'enfermaient peu à peu dans le mutisme pudique de ceux qui en ont trop vu. Pendant que la guerre continuait à l'Est en direction de Berlin, on épurait. Au fusil et à la tondeuse. On se débarrassait des traîtres. Parce qu'il faut une justice, et parce qu'un traître mort ne peut plus dénoncer ses collègues. Pendant que certains faisaient beaucoup d'efforts pour refaire un monde en noir et blanc, je continuais à le voir tel qu'il est : grisonnant jusqu'à l'anthracite.

J'ai pensé un court instant rejoindre ceux qui allaient porter l'estocade finale, là-bas de l'autre côté du Rhin. Ce fut moins le sentiment d'en avoir suffisamment fait, que le risque de rater Mila sur son chemin du retour qui me décida à l'immobilisme. Et puis je ne me voyais pas obéir à un quelconque sous-officier qui aurait prétendu m'apprendre ce qu'était la guerre.

Je reçus un matin une lettre d'un avocat qui avait retrouvé ma trace par le Parti. La lettre me demandait de venir témoigner pour un milicien qui était accusé de collaboration, précisant que si je pouvais faire l'avance du billet aller, je serais intégralement défrayé de mon déplacement. Comme j'avais toujours l'adresse de cette Jacqueline qui portait l'enfant de ce sous-marinier mort, c'était là une occasion unique de tenir ma parole que j'avais donnée deux fois. Une fois pour elle. Une fois à ce collabo au moment de l'aiguillage vers les camps de la mort. Je fus logé dans un petit hôtel qui semblait avoir été aménagé pour décourager la clientèle de s'incruster. Il était à deux pas de la soupente où j'avais vécu avec Mila cette idylle inconnue d'elle. La Libération semblait ne rien avoir changé pour les autres. Le même air de préoccupation active qui se détournait au passage de devantures vides. Pour la première fois, rien dans leur regard ne pouvait plus m'inquiéter.

Le palais de justice ressemblait à un grand magasin à l'approche des fêtes. Des centaines de personnes l'arpentaient dans tous les sens, amplifiant la résonance qu'on a voulu donner à ces lieux de la justice humaine pour concurrencer les cathédrales. Avec la même idée que pour les églises : foutre la trouille aux gens. J'en avais le vertige.

Les juges appliquaient la loi. Avec la même bonne volonté que celle qui les guidait quelques semaines auparavant dans l'application des lois antijuives. À se demander s'ils savaient lire. L'avocat m'avait fait venir à neuf heures du matin. On ne m'a rien demandé avant trois heures de l'après-midi. Un planton m'a fait entrer dans un cagibi pour décliner mon identité. J'ai donné la vraie pour laquelle j'étais cité. Quand il m'a demandé mes papiers, je lui ai tendu les faux. Il m'a regardé outré comme si je l'avais insulté. Il m'a reconduit sur mon banc dans la grande salle des pas perdus. J'ai encore attendu une heure. L'avocat est finalement venu me voir. Il était en nage, contrarié. Il m'a dit que mon témoignage était entaché de nullité faute de certitude sur mon identité. Il m'a tendu quelques billets pour mes frais avant de retourner dépité dans la salle d'audience. Je n'ai jamais revu l'aiguilleur de la mort.

Jacqueline habitait le centre-ville, un petit immeuble vétuste. Je me suis présenté chez elle, pensant que je risquais de ne pas la trouver. Quand je l'ai vue, j'ai compris que ma crainte n'était pas fondée. Elle ressemblait à son nouveau-né. Le même crâne chauve. À l'abri de la lumière du jour derrière des volets clos, elle cachait la trace des coups qui lui marquaient le visage, un dégradé de bleu et de noir. Cela ne suffisait pas à masquer qu'elle était une belle femme. On lui avait reproché ce que le pays profond tout entier avait fait : coucher avec l'Allemand. Elle l'avait fait par amour, le pays par intérêt. À la façon qu'elle avait de se tenir, les jambes serrées, je crus comprendre que certains bons samaritains avaient joint l'agréable à ce qu'ils pensaient utile, l'humilier. Elle me remercia d'être venu d'une petite voix meurtrie par la culpabilité d'être une victime. Le père de l'enfant lui avait parlé de moi comme d'un Français sur qui l'on pouvait compter. Elle me posa quelques questions sur celui qu'elle avait aimé trop peu de temps comme si je pouvais rallonger cette liaison trop brève. Il s'était vanté d'une amitié entre nous pour se rapprocher un peu plus d'elle. Je n'avais d'autre souvenir que ces soirs de beuverie où ses camarades et lui venaient fuir une mort annoncée. Je lui dis que j'avais en mémoire un brave garçon. Comme la plupart de ses compagnons d'infortune. Je lui laissai un peu d'argent. Celui que l'avocat m'avait donné pour mes frais. En lui promettant mon aide, chaque fois qu'elle en aurait besoin. Quant à être le parrain de son enfant, je lui dis que je n'étais pas croyant. Mais que, s'il s'agissait de compter sur moi au cas où elle viendrait à disparaître, j'étais l'homme de la situation.

De retour à Paris, les vainqueurs, communistes et gaullistes avaient pris le pouvoir. C'était le temps de la réconciliation, on avait tué les moins discrets des collaborateurs, il fallait maintenant propager l'idée que chacun de nous avait été un résistant qui s'ignorait. La concordaille prit. Pour des années, au point qu'on finit, bien plus tard, par élire un président qui avait été, disait-on, à la fois collabo et résistant. Pour mettre fin à cette mauvaise histoire.

Je trouvai ma mère tout excitée. Elle était radieuse, un sourire lui barrait tout le visage. Elle avait une immense nouvelle à m'annoncer, disait-elle. Une femme était venue me voir. Elle était repartie avec mon père et Agathe qui venait d'être prise comme dactylo à *L'Humanité*. Elle les attendait pour huit heures. Je savais mon père capable de tout. Même de retrouver Mila. J'ai goûté ce moment de bonheur comme on prise un air pur, le nez au vent de la joie absolue. Je suis monté dans ma chambre. J'ai sauté sur le lit avec le déchaînement d'un pensionnaire qui quitte l'internat. Désarticulé par la frénésie des histoires qui se terminent bien. Lorsqu'on a sonné à la porte d'entrée, mon cœur s'est arrêté.

Je suis descendu sur la pointe des pieds. L'escalier sentait la cire. J'ai vu mon père, puis Agathe. Derrière elle, se tenait une grande jeune femme maigre. Je l'ai reconnue. J'aurais préféré que la maison me tombe dessus. Claudine s'avançait vers moi avec les yeux de l'amour ranimé. J'en aurais pleuré. Dire que je l'avais oubliée serait mentir. Je l'avais simplement occultée, sans donner à son souvenir la consistance qu'elle jugeait devoir mériter au nom de ces semaines d'attente passées ensemble dans ma première planque de clandestin. Je l'ai embrassée sans effusion et je me suis assis dans le canapé, les jambes coupées. Nous avons dîné sans bruit. Le repas eut le goût d'un bouillon de couverts. Aux yeux de Claudine, mon père mit mon manque d'enthousiasme sur le compte de la fatigue accumulée des derniers mois. Avant de me prendre à part, dans son bureau, comme le jour de l'annonce de ma mort programmée.

— Tu ne me fais pas honneur, mon fils. Accueillir comme ça une fille qui t'a hébergé, caché, nourri pendant des semaines, c'est indigne !

Je n'ai pas su quoi répondre, lui laissant le champ libre. Il a repris tout à son aise :

— D'autant plus que vous avez eu une histoire d'amour !

J'ai grommelé un non inaudible.

— Enfin, tu as bien couché avec elle, non ?

J'ai susurré un oui timide, lui créant un boulevard pour m'accabler :

— Eh bien, pour moi c'est la même chose. On est responsable de ses actes. Et on se défile pas. Fallait y penser avant. Voilà une fille bien, éduquée, aussi intellectuelle que tu ne l'es pas, considérée dans le Parti, qui t'aime et qui t'est restée fidèle pendant que tu battais la campagne. Tu ne vas pas nous faire honte tout de même ?

Je ne voyais pas où pouvait se loger le bénéfice d'une discussion. Vu comme ça, je n'avais rien à répondre. J'aurais pu lui parler de Mila. Autant parler de Trotsky à un stalinien. Je me suis tapi comme un chien battu qui s'efforce de ne pas regarder son maître. L'affaire était entendue.

Claudine vivait au pays des certitudes, dans le mouvement de la lutte finale. En plus elle m'aimait. En souvenir des jours paisibles passés ensemble parce qu'il n'existait d'autre choix. Elle réapparaissait maintenant, sûre d'elle, se prévalant d'un lien consacré, confortée par mon père qui en faisait sa belle-fille sans rien me demander. Puisqu'on me la présentait comme un pilier du Parti, je l'utilisai pour essayer d'en savoir plus sur mon réseau dans l'Ouest. Ses informations concordaient avec celles de mon père. Un réseau monté par les Anglais en association avec des communistes, par méfiance pour les gaullistes. Ces renseignements, je les avais déjà. Mais de la partie anglaise qui avait désigné le chef de réseau, elle ne savait rien. Pas plus que celui qui, sur place, avait coopéré au montage de l'opération pour le compte de la résistance communiste. Et des Anglais, plus de nouvelles. Trop occupés à finir la guerre à l'Est.

Claudine, forte de la bienveillance de mes parents, est restée dans notre maison. Agathe occupait la place dans le canapé du salon. Son petit salaire au journal ne lui permettait pas de payer un loyer. Alors, naturellement, Claudine s'est installée dans ma chambre. Elle m'a proposé de dormir par terre, sur le tapis. J'ai bien sûr refusé, sans avoir le courage de lui céder mon lit. Nous nous sommes alors serrés l'un contre l'autre sans bouger. Les jours passants nous avons réchauffé les cendres de cette relation éteinte depuis près de trois ans. Parce qu'il était dans l'ordre des choses qu'elle reprenne et que le courage me manquait de lutter contre cet ordre-là. Elle s'est installée dans ce vide de caractère, cette faille inexplicable de ma volonté qui m'a amené sans résistance là où je ne voulais pas aller.

Claudine a obtenu sans difficultés un poste dans l'est de Paris. Nous sommes ainsi restés chez mes parents jusqu'à l'armistice. Les réseaux de mon père se sont mobilisés pour que je retrouve mon identité, ce qui m'a permis de reprendre mes études sous mon vrai nom.

Je séchais les cours pour me rendre à Paris, dans un grand hôtel du centre. C'est là que les déportés retrouvaient la capitale et parfois leurs familles. C'est là aussi que des milliers de familles ne retrouvaient personne. Je les voyais arriver, ces pauvres hères, le regard lavé de l'infamie, squelettes aux seuls yeux animés par l'effroi, mannequins sans chair poudrés au désinfectant, d'un âge uniforme qui est celui qu'on a lorsqu'on est à quelques jours de la mort. Les autres avaient des noms, des photos. Je n'avais que des souvenirs et un prénom d'emprunt, Mila. J'en ai regardé passer par dizaines, par centaines de ces êtres déconstruits qui semblaient voués à ne plus jamais croire en rien. Mais aucun ne lui ressemblait.

Je suis rentré un soir à la maison décidé à ne plus y retourner, convaincu qu'elle était morte. J'ai

arpenté des heures le goudron de ma ville de banlieue, uniformément triste et gras d'une pluie fine
et collante. Ma famille, Claudine pesaient sur ce
deuil que j'avais peine à dissimuler car je n'avais
personne à qui en parler. Je les ai trouvés enjoués.
Une lettre était parvenue de l'ambassade de
Grande-Bretagne m'invitant à une cérémonie pour
y être décoré du Distinguished Order de la Reine
d'Angleterre. Une médaille de plus pour finir dans
une vitrine qu'avec les années plus personne n'aurait le cœur de dépoussiérer. Je me suis rendu
quelques jours plus tard à l'ambassade, joyeux. Pas
à l'idée de la médaille qu'on allait me remettre
mais parce que j'espérais y glaner des nouvelles de
Mila, leur agent.

Je me suis fait prêter un beau costume souple
par un camarade d'école qui venait de la haute.
Comme il était un peu plus petit que moi, je tirais
sur le pantalon, les mains dans les poches, pour
que l'ourlet recouvre mes chaussures qui n'étaient
pas à la hauteur des circonstances. Devant tout
ce monde chamarré, j'ai eu le trac. J'espérais me
fondre dans une masse de récipiendaires, pour
qu'on m'oublie. Mais nous n'étions que trois à être
fêtés. J'avais sans me l'avouer espéré que Mila serait
du nombre. Une femme était des nôtres, une gaulliste, une dame qui approchait la quarantaine avec

un beau visage sculpté par la détermination. Mais pas de Mila. Pendant que l'ambassadeur déclamait mes mérites sur le ton de l'oraison funèbre m'attribuant la mort de près de deux cents sous-mariniers allemands et la survie de milliers de marins alliés, je cherchais dans l'assistance l'homme qui allait pouvoir me renseigner, me tendre le bout de la pelote de fil qui devait me permettre de remonter jusqu'à Mila, vivante ou en cendres. Même si la raison ne lui laissait aucune probabilité d'être en vie, au fond de moi, je pensais qu'il restait une chance même infime qu'elle ait survécu. Je m'étais installé dans le confort de ce doute que j'entretenais comme une plante verte car je redoutais que la nouvelle de sa mort ne m'enlève le goût de vivre. Et cette peur profonde, terrifiante, perturbait mon désir d'en savoir plus. La cérémonie terminée, je me suis approché du buffet qui valait pour moi plus que la médaille. Je me suis empiffré méthodiquement en surveillant des yeux un type qui semblait proche de l'ambassadeur. Je me suis approché de lui à un moment où les mondanités semblaient le laisser souffler. Il m'a à peine reconnu alors qu'il m'avait vu quelques minutes avant seul, sous le lustre central de la grande pièce de réception. Une fois qu'il m'a remis et félicité avec l'enthousiasme domestiqué d'un Anglais, j'ai abordé sans détour le sujet :

212

— Je me permets de vous parler, Monsieur, car j'ai une sorte de requête à faire aux autorités britanniques.

Il a eu l'air contrarié comme si j'abusais de la situation, étonné que je ne me contente pas de ma médaille. Il a tout de même répondu très courtoisement :

— Si je peux vous être utile, ce sera bien volontiers.

— En réalité je cherche à avoir des nouvelles d'un de vos agents qui fut mon chef de réseau pendant la Résistance. Elle a été arrêtée à l'été 44. Je l'ai été moi-même quelques jours après. Je n'ai plus la moindre nouvelle d'elle et je dois avouer que j'aimerais bien la retrouver.

Le dignitaire britannique est resté silencieux un moment puis il m'a répondu calmement, en détachant chaque syllabe d'un français qu'il maîtrisait parfaitement :

— Voyez-vous, jeune homme, je vais être très direct. Je ne peux pas accéder à votre demande. Pour la simple raison qu'il n'existe qu'une alternative. S'agissant d'un de nos agents, probablement permanent. Si elle est morte, nous n'avons aucun intérêt à le dire car elle peut encore nous servir, ne serait-ce que pour faire croire qu'elle est toujours vivante. Si elle est encore en vie, c'est probablement comme cadre d'active, alors vous comprendrez que nous n'avons aucun intérêt non plus à vous renseigner sur un de nos agents. N'y voyez pas de défiance, mais la guerre est finie et chacun retourne chez soi. Qui sait si demain nos intérêts seront toujours les mêmes. Je suis vraiment désolé de ne pas pouvoir vous satisfaire, mais je crois que n'importe quel haut responsable britannique vous ferait la même réponse.

Il m'a serré la main avant de s'éclipser sur un sourire un peu crispé. J'ai compris que la cloison étanche n'avait pas pris l'eau avec la fin de la guerre. Je n'avais plus qu'à laisser à la providence le soin de retrouver un jour Mila.

Claudine militait. Son passé de résistante lui avait valu de l'avancement. À la faveur de cette guerre, le communisme grandissait à l'Est. Bientôt, la terre ne serait plus qu'une tache rouge. Pendant que Claudine se grisait du bonheur des peuples, je me suis mis à boire et à manger. La disette éloignée, j'ai décidé de profiter de ce qu'il y avait de mieux dans ce pays : les plats du terroir, le vin, les paysages si charmants. Je suis entré en gloutonnerie comme d'autres entrent en religion. Je suis passé sans transition notable des tickets de rationnement à trois repas par jour. J'avais décidé de consacrer ce grand oublié des amateurs de bonne chère, le petit déjeuner. Rien ni personne ne pouvait m'empêcher de prendre le temps nécessaire à un bon petit déjeuner. J'avais aboli l'affligeant café noir aux tartines beurrées pour lui substituer des œufs, pas moins de six, du jambon à l'os, pas moins de trois ou quatre tranches et un fromage affiné. Et pour napper le tout d'un parfum de fruit, j'arrosais le premier repas de la journée d'une bouteille de blanc. De Bourgogne ou de Loire selon la saison. Mon école terminée, j'avais laissé Claudine à sa lutte finale quelques mois, en espérant qu'à mon retour elle en aurait fini avec le bonheur des peuples. Je suis parti faire mon apprentissage de commercial dans une usine de textile en Alsace. J'avais préféré l'Alsace à une proposition qu'on me faisait à Lille, même si Lille était plus proche de Paris, parce que j'aimais leur cuisine teutonne et leur vin blanc qui s'empare de la bouche comme des fruits entiers. J'ai vite compris que la vie d'entreprise n'était pas faite pour moi. Tout y était organisé pour me déplaire. La collectivité, la hiérarchie, l'ancienneté et le patron qu'on m'avait élevé à haïr, ce que j'étais incapable de faire mais ça ne le rendait pas sympathique pour autant. Quand on a fait la Résistance ou la guerre, on n'a pas l'âge de ses artères. On ne supporte plus l'autorité, on ne conçoit pas qu'on puisse vous aboyer dessus. Je me suis fait tout petit avec une seule idée : apprendre. Pour créer ma propre boutique une fois sorti de là. J'ai tout de même sympathisé avec un jeune qui devait avoir dans les vingt-deux ans. Un débrouillard. Je n'avais jamais vu un gars aussi prompt et habile à se mouvoir dans un environnement humain. Un vrai furet. J'ai compris d'où venait sa débrouillardise quand il m'a avoué qu'il avait été ce qu'on appelait « un malgré-nous ». Un de ces Alsaciens enrôlés de force par l'armée allemande à l'âge de quinze ans, envoyés sur le front russe sans espoir d'en revenir après qu'on eut pillé leurs fermes. Nous passions le dimanche ensemble. On profitait de ma quatre-chevaux pour battre la campagne alsacienne à la recherche de bonnes occasions de trinquer. Il me parlait longuement de sa campagne de Russie qu'il avait faite pour le Napoléon des autres et je sentais, au fond de son âme, une grande culpabilité de s'en être sorti. Je le laissais parler car je n'y parvenais pas moi-même, incapable d'exhumer le moindre souvenir sans que celui de Mila ne se ravive. Alors j'ai pris le parti de ne plus jamais parler de cette période, plus jamais.

À cette époque, la diététique n'existait pas. C'est un mot qui a été inventé avec celui de trop-plein. On ne se souciait donc pas de trop manger vu ce qu'on s'était privé pendant près de huit ans. J'étais devenu ce qu'on appelle un bon vivant. Les bons vivants cachent toujours un mal-être, autant que les ascétiques. Le mien c'était Mila. Mila disparue qui m'interdisait le bonheur. Alors faute de bonheur, je me vautrais dans le plaisir. J'étais un gourmand plutôt qu'un gastronome. La boulimie s'accommode mal de la cuisine raffinée qui s'effile au détriment d'un goût trop vite perdu. De retour à Paris, j'emmenai Claudine les fins de semaine dans des périples aux paysages arrondis, ponctués de haltes dans des auberges qui nourrissaient une bonne humeur qui ne devait plus me quitter. Claudine se contentait d'un plat léger arrosé de

Vichy Célestins, tiède. On se parlait peu. Notre vie commune avait un goût de salade cuite. On s'est mariés comme on prend une carte du Parti. Pour officialiser une position. Je n'ai d'ailleurs pas renouvelé la mienne, de carte. Ma méfiance pour ceux qui pensent pour les autres n'avaient fait que croître pendant les années qui avaient suivi la guerre. Je n'avais pas confiance dans l'État qui finit toujours par ne vivre que pour ceux qui le servent pour mieux se servir eux-mêmes en s'habillant d'un altruisme suspect. J'exagère bien sûr. Quoique. Enfin, le pouvoir ne m'intéressait pas. Sous aucune forme. J'ai opté pour l'égoïsme débonnaire, loin des grandes causes qui finissent toujours mal. Mon père et Claudine m'en ont voulu. Mais leur pression n'a pas suffi pour me faire rentrer dans le rang.

« Mais alors, à quoi ça a servi de faire tout ça si ce n'était pas améliorer définitivement le sort des petits. » Je sentais dans ses reproches la déception devant le travail bâclé, parce que soi-disant on avait fait le plus dur pendant la guerre. Il est vrai que, quand on a pris le parti de devenir affable et gros, on n'est plus vraiment en position de défendre les petits maigres. Mais c'était ainsi, et je ne suis jamais revenu en arrière. J'ai continué, imperturbable, à profiter. Et je me suis lancé dans les affaires les plus social-traîtres qui soient, le négoce de tissu. Intermédiaire de kilomètres de tissus. J'achetais des milliers de rouleaux d'écru, de velours, de coton, en France ou à l'étranger que je revendais à des confectionneurs qui en faisaient ce qu'ils voulaient, des vêtements, des nappes, des rideaux. Je n'avais aucune valeur ajoutée, je n'employais personne, je me contentais de mettre face à face un acheteur et un vendeur de tissu et je prenais une petite commission qui couvrait mes frais, le loyer de mon bureau qui donnait sur la place de la Bourse, mon appartement rue des Martyrs, et mes petites escapades dans la France qui mijote à feu doux. Je m'occupais de Jacqueline et de son fils, mon filleul, qui approchait des dix ans. Je les aidais à vivre en leur envoyant des mandats et chaque fois que mes affaires m'amenaient dans le Sud-Ouest, je leur faisais une petite visite, je les conduisais dans un bon restaurant, avant de repartir sans oublier de laisser au gosse un cadeau qui me maintienne dans son souvenir. J'avais voulu parler d'eux à Claudine, mais c'était à table et, à l'évocation de ces deux êtres, elle s'est recroquevillée comme un bulot. Je compris qu'elle soupçonnait que cet enfant était de moi. D'enfant, nous n'en avions toujours pas. Nous avons fait des analyses, chacun de notre côté. Le médecin a conclu que nous n'en aurions jamais, à cause de moi. Alors Claudine a bien été obligée d'admettre que mon filleul ne pouvait pas être mon fils, ce qui n'a pas pour autant créé chez elle plus de sollicitude à son égard. Il fut tacitement convenu que cet enfant ne serait jamais son problème. La nouvelle de ma stérilité n'a fait qu'augmenter mon appétit et mon embonpoint jusqu'à faire penser aux âmes peu charitables que c'était moi qui portais le bébé que nous n'aurions jamais, alors que Claudine, à l'annonce de cette nouvelle qui lui interdisait la maternité, se délestait du peu de chair dont elle avait été dotée par la nature. Elle aurait pu me quitter à cet instant précis. Au contraire, elle s'est collée à moi, en nourrissant son aigreur. Elle n'avait pas envie de me perdre. Je n'avais pas le courage de la quitter. Comme la situation devenait pénible et qu'on risquait de trouver le temps long eu égard à notre jeune âge, on a décidé, sans se le dire, de se porter un intérêt mutuel. Claudine avait une grande culture. À la française, c'est-à-dire plus près de l'érudition académique que de la pensée originale. Comme je lisais rarement autre chose que les journaux professionnels du textile et *La Vie du rail*, elle m'a fait découvrir qu'il y avait aussi une certaine sensualité dans la lecture. Nous n'avions pas à proprement parler d'amis. J'avais beaucoup de copains qui aimaient la bonne chère comme moi. Claudine me laissait sortir seul avec eux et ne m'en tenait pas rigueur. Notre couple s'est progressivement installé dans une relation qui était à l'amour ce que le train de campagne est au chemin de fer. Petite allure, pas d'à-coup, un confort champêtre. J'étais parvenu, à force de patience, à dériver l'acidité de Claudine sur les autres, de telle sorte qu'elle n'avait jamais aucun propos désobligeant à mon égard. Et puis avec mon embonpoint je devais lui rappeler le nounours de son enfance. Mon indifférence nourrie au raisin fermenté la rassurait. Nous avons appris à nous sourire, à nous enthousiasmer pour tout, à instaurer de fausses connivences qui paraissaient vraies. Avec ma surdité, les choses sont devenues encore plus simples. Quand je n'entendais pas ses propos, je souriais, d'un air qui voulait dire que ce n'était pas la peine de répéter. Elle répondait par un sourire et vu d'autrui, on avait l'air d'un couple sur un petit nuage. Il faut dire qu'on n'avait aucune raison de se plaindre. On gagnait bien notre vie, on vivait dans le plus beau pays du monde. Elle professeur, moi indépendant, on ne devait rien à personne et personne ne nous devait rien non plus. On allait certes s'éteindre sans descendance mais quand on voyait ensemble les enfants des autres, on s'en réjouissait en se poussant du coude. Je n'avais pas de maîtresse, je suis convaincu qu'elle n'a jamais eu d'amant et en tout cas on ne restait pas ensemble pour les gosses comme beaucoup de ces couples d'après-guerre qui ne pouvaient pas se supporter. On se disait qu'on était heureux. On se le disait un peu trop souvent pour que ce soit vrai. Mais on était les seuls à le savoir.

C'est donc à cette époque, dix ans après la Libération, que mes problèmes d'oreilles sont apparus. Ceux qui me parlaient paraissaient s'éloigner, semaine après semaine dans un mouvement inexorable qui semblait me conduire un jour vers une solitude absolue. Cela ne m'empêchait pas de voyager. En train parce que l'avion m'était interdit en plus d'être cher. Le train ne me lassait pas. J'y étais comme au cinéma. La vitre du compartiment déroulait un grand écran panoramique sur les paysages d'Europe qui défilaient de Paris à Rome, de Rome à Berlin et tant d'autres lieux. Et quand le train était doté d'un wagon-restaurant, j'étais au comble. Je m'attablais de longues heures le regard emporté par les collines et les fleuves, aspiré par les vallées profondes, élevé par des crêtes sinueuses, dans ces campagnes qui semblaient ne se souvenir de rien pendant que les villes s'acharnaient à effacer progressivement la trace de ces années de démence comme on arrange les bibelots d'une maison dévastée, un lendemain de folie meurtrière.

Ce jour-là, j'étais à Marseille. La gare Saint-Charles grouillait de voyageurs qui s'apprêtaient à rejoindre Paris, en un jour de veille de fête. J'avais une grosse valise qui pesait comme un haltère. Le quai me semblait interminable. Ma réservation était dans le premier wagon, juste derrière la locomotive qui laissait échapper quelques filets de vapeur dans l'attente de la grande combustion du départ. J'étais essoufflé. Par cette valise dont la poignée me cisaillait les doigts. Et par cet effort incompatible avec mon poids. Je me suis arrêté pour reprendre haleine. En me relevant, je me suis trouvé nez à nez avec un éternel jeune homme, qui n'avait pas changé, mais qui ne m'a pas reconnu sur le coup, Rémi. Il faut dire qu'au cours de ces douze dernières années, je m'étais infligé un bouleversement physique bien plus considérable que celui que la nature s'autorise normalement. Je l'ai arrêté en lui posant la main sur l'épaule et en lui lançant :

— Alors ce cheval, tu l'as finalement récupéré ?

Il a froncé les yeux pour mieux pénétrer les miens avant de s'éclairer de son sourire de carnassier qui lui donnait cette supériorité sur le monde. Il a éclaté de rire :

— Dis donc, toi qui étais si frêle, on peut dire que la paix te profite.

Nous étions tous les deux heureux de nous revoir, vivants.

— Où tu vas comme ça ? lui ai-je demandé avant toute chose.

— À Paris.

— Quelle voiture ?

— Douze.

— On essaie de voyager ensemble ?

— Bien sûr que oui.

J'ai hélé un contrôleur.

— Mon ami et moi ne sommes pas dans la même voiture, vous pourriez nous arranger ça ?

Il s'est saisi de nos deux billets avec l'air du gars perturbé dans sa digestion. Il a ouvert son gros livre de réservations. On était pratiquement en face de mon wagon.

— Si vous aviez de la place dans la voiture douze, ça serait parfait.

Il m'a regardé avec un air de type important, la bouche pliée par la difficulté du problème.

— Tout ce que je peux faire pour vous, messieurs, c'est vous regrouper dans la voiture une. Je suis désolé, la voiture douze est complète.

Il a fait l'échange et nous nous sommes dirigés vers l'avant du train, mon ami devant et moi derrière, essoufflé et en sueur. À l'heure du dîner, une heure après le départ, je mourais de faim. Rémi, qui faisait attention à sa ligne et à son portefeuille, s'était acheté un sandwich sur le quai avant notre rencontre. Pour cette raison, il n'était pas très chaud pour se rendre au wagon-restaurant. Me voyant fébrile, il se laissa faire. Là, nous avons échangé nos souvenirs jusque tard dans la soirée. Sa mère avait été arrêtée, comme résistante gaulliste, puis déportée à Buchenwald en janvier 44. Elle n'en était pas revenue. Son visage distingué, ses cheveux noués derrière la tête, son regard déterminé ont ressurgi dans ma mémoire comme si c'était hier. De cette noble femme, je me suis mis à penser à Mila, et la tristesse m'a envahi. J'ai fait face avec une nouvelle bouteille de bourgogne aligoté en faisant durer mon assiette de lotte. Nous n'avons pas évoqué le meurtre que j'avais commis, cet assassinat champêtre qui me réveillait parfois la nuit. Peut-être allions-nous le faire, lorsque nous avons entendu une énorme explosion qui a ébranlé le train comme un bombardement. Le train s'est immobilisé dans un vacarme irréel. Il a fallu plusieurs minutes pour que la rumeur remonte vers nous. Le train avait déraillé à l'avant. Sous l'effet de l'explosion de la locomotive. Nous sommes restés seuls dans le wagon-restaurant, persuadés que le pire était passé. Une file de voyageurs paniqués remontait le long de la voie, avec le même empressement et la même peur que pendant l'exode. Rémi s'est enquis de la situation :

— Qu'est-ce qui se passe ? a-t-il calmement demandé à un voyageur aux yeux exorbités qui traînait sa valise à moitié ouverte.

Il s'est arrêté, content de trouver l'occasion de faire une pause dans cette fuite inconsidérée vers l'arrière.

— La locomotive a complètement explosé et la première voiture avec. Il n'y a pas un seul survivant.

— Le feu continue-t-il à se propager aux voitures suivantes ?

— Non, je ne crois pas.

— Ce sont des voitures métalliques. Sauf la première voiture qui a dû exploser avec la locomotive, le feu n'a aucune raison de se propager. Alors pourquoi courir dans cette direction ? Si vous craignez la propagation, je serais vous, j'essaierai de passer devant la locomotive à travers bois, là, vous n'aurez aucun risque. Tout au moins me semble-t-il ?

Puis en congédiant l'homme d'un revers de main :

— Toujours ce réflexe de reculer, c'est assommant à la fin !

Avant d'ajouter :

— Mon vieux Pierre, j'espère que tu n'avais rien d'important dans ta valise. Remarque, que peut-on bien avoir d'important dans une valise dans un moment pareil ? Nos retrouvailles auraient pu m'envoyer dans l'au-delà, c'était compter sans ta gourmandise qui nous a sauvé la vie.

Le wagon-restaurant s'était vidé de tous ses clients et de ceux qui les servaient. Il ne restait que nous. Rémi est revenu s'asseoir derrière la table que je n'avais pas quittée. Il a repris sa fourchette et son couteau. Le fromage avait été servi juste avant l'accident. Puis il s'est interrompu. Il a pris sa tête entre ses mains. Quand il les a ouvertes, j'ai vu qu'il riait aux larmes. Par contagion, je me suis trouvé secoué à mon tour d'une hilarité compulsive.

Il me semble que nous avons pensé à la même chose sans nous le dire, profiter de ce drame pour faire les morts, nous éclipser, changer d'identité, de vie. Mais nous étions trop vieux. Nous avons vidé le cellier du wagon-restaurant.

Les secours nous ont trouvés, tard dans la nuit. Rémi, ivre mort, et moi, simplement rassasié. Ils nous ont demandé ce qu'on faisait là. Rémi a répondu, chancelant :

— On attendait l'addition.

Je n'ai plus jamais perdu de vue mon ami. On s'est parlé régulièrement jusqu'à sa mort en 1963, dans un accident de voiture sur la nationale 7.

Claudine a quitté le parti en 1956, après les événements de Hongrie. La bête avait montré son vrai visage. Elle s'en est trouvée bien désemparée. Pas d'enfant, plus de Parti, un mariage à l'éclat d'un verre fumé.

Le visage de Mila s'estompait, année après année. Je m'accrochais désespérément à ses traits qui s'efforçaient à la discrétion dans mon souvenir, aspirés par les sables mouvants du temps passé qui m'éloignait d'elle comme toutes ces blessures qui fuient la conscience pour mieux se lover au fond de l'âme. Pour me dire tant bien que mal que, faute de vivre, je lui survivais.

Mes affaires prospéraient. Mais mon corps n'était pas en état d'en profiter plus. Il me restait à régaler mes copains et mon filleul. Sa mère ne s'était pas remariée. Ils vivaient tous les deux sur son petit salaire de veilleuse de nuit dans un hôtel du port d'où elle voyait partir les bateaux, au petit matin, sur cette mer atlantique qu'elle fixait des heures dans l'attente inavouée qu'elle lui donne un signe de son amour perdu. Je savais que, quel que soit le jour, je la trouverais là, à son poste. Chaque fois que mes affaires m'amenaient dans la région, je venais un peu avant l'heure du petit déjeuner. Nous parlions de choses et d'autres et en partant je lui laissais une enveloppe de billets serrés sans lui laisser le temps de me remercier.

Le négoce de tissu m'amenait fréquemment à côtoyer des juifs d'Europe centrale qui excellaient dans le métier. Des gens discrets et de parole. Ils savaient par la bande que j'avais résisté à l'époque contre cette peste qui les avait décimés. Tous avaient, enfouie au fond du regard, cette expression unique où le deuil ne parvient pas à effacer la stupeur de l'acharnement criminel. J'avais vaincu leur méfiance par la bonhomie joyeuse que j'affichais tout le temps et certaines références dont je ne faisais état qu'avec eux, par petites touches impressionnistes qui leur faisaient comprendre que pour moi aussi ces années avaient compté plus que leur temps. Je m'étais lié en particulier avec un certain Jacob Weinstein, un négociant qui m'achetait des kilomètres de velours et de jacquard. Il mettait un point d'honneur à ne jamais parler d'argent et ne remettait sa dernière offre qu'au moment où j'enfilais mon pardessus, juste avant de nous quitter. Il laissait s'échapper ces chiffres de ses lèvres, comme une petite musique suave qu'on sert en digestif. Il semblait toujours gêné de parler d'argent alors que c'était la raison de nos rencontres. Au fil des années qui nous avaient rapprochés à petits pas, celles-ci se multipliaient, même lorsque nous n'avions rien à nous vendre. C'est au cours d'un de ces déjeuners qui se prolongeaient jusqu'au milieu de l'après-midi, que Jacob me parla de son frère Nathan. Un peu plus jeune que lui, c'était un historien de renom, installé à Londres. Il était, d'après mon ami, le chercheur le plus réputé et le plus affûté pour ce qui concernait l'histoire des camps de la mort.

Fort de la recommandation de son frère, je suis parti lui rendre visite à Londres, dans un petit bureau submergé de livres et de documents qui menaçaient de nous enfouir en s'effondrant. Cet homme ne semblait vivre que pour comprendre. Il avait cette fragilité. Tant qu'il cherchait à savoir, il pouvait survivre. La question épuisée, si elle devait l'être un jour, il allait s'éteindre, consumé par l'absurdité de cette tragédie inexplicable sans toucher au fondement même de l'humanité. Il avait des yeux très bleus réfugiés derrière de grosses lunettes de myope. Des cheveux frisés aussi désordonnés que les traits de son visage. Il m'a reçu avec cette désinvolture propre aux chercheurs qui ne sont jamais vraiment dans l'instant sauf si vous leur apportez une information utile à leur science. Je n'étais pas là pour contribuer, mais pour demander. Sa suspicion naturelle s'est éclipsée dès que nous avons abordé l'objet de ma requête. Il m'a mitraillé de questions :

— La personne que vous recherchez est-elle juive ? a-t-il commencé par me demander. Il a rajouté en plissant les yeux :

— Je vous demande ça, parce que, si c'est le cas, je vous ferai un prix pour la recherche.

Puis il a éclaté de rire devant mon air mi-figue mi-raisin avant de continuer :

— Je vous rassure, mes services sont gratuits quelles que soient les circonstances, je suis payé par l'université britannique.

— Je suis bien incapable de vous répondre. Son nom de résistante était Mila. Ou plutôt son prénom car je n'ai jamais connu son nom de famille même d'emprunt.

— Pensez-vous que les Allemands aient pu connaître sa véritable identité ?

— Je ne crois pas. Je ne suis certain que d'une chose, c'est qu'elle n'a pas parlé sous la torture.

— Même si elle n'a jamais révélé sa véritable identité, il se peut que la Gestapo en ait eu connaissance avant ou après son arrestation par recoupement. C'est important pour moi. Parce que si les Allemands n'ont pas pu trouver sa véritable identité, il se peut qu'elle ait été répertoriée sous son nom de résistante, donc avec Mila comme prénom. Je vous ai demandé si elle était juive parce que des recherches colossales d'identification de tous les juifs qui sont entrés dans les camps d'extermination ont été effectuées par des dizaines de chercheurs dans le monde. On peut également procéder à une recherche par l'administration pénitentiaire française, mais ils ne sont pas toujours très coopératifs, en particulier avec des étrangers. Avez-vous essayé vous-même, à travers vos relations dans la Résistance, de faire une demande ?

— À vrai dire jamais. Pour être franc avec vous, je suis passé par le même circuit, la même prison quelques jours après. Je n'en ai pas gardé de bons souvenirs et l'idée ne m'est jamais venue à l'esprit de m'adresser à ceux qui étaient là à l'époque, pour prendre des nouvelles de cette femme à la torture de laquelle ils avaient peut-être assisté, même passivement.

— Il est vrai que la France n'a pas été vraiment purgée. J'ajoute que si elle l'avait été, ce serait aujourd'hui un territoire aussi vierge que l'Oklahoma à l'arrivée des premiers colons lors de la ruée vers l'Ouest. Mais il est vrai que les masses sont innocentes, 1 % de résistants, 1 % de collaborateurs zélés et 98 % de pauvres gens ballottés entre la faim, le désespoir et l'irrépressible nécessité de trouver des responsables à leur malheur. C'est une des grandes contraintes de la démocratie que d'innocenter toujours les masses. Sinon, comment se faire élire après, n'est-ce pas ? Mais comment leur en vouloir quand on sait avec quelle déconcertante facilité elles se font manipuler par les uns et les autres. Dès le moment où vous flattez leurs intérêts particuliers, elles vous sont acquises. Les masses sont corruptibles. Plus que les individus pris séparément. Pour en revenir à votre recherche, je ne suis pas inquiet. On retrouvera cette femme. A priori, si elle a été arrêtée dans le Sud-Ouest pour des activités de résistance, donc de terrorisme selon la terminologie allemande, je pense qu'il existe une forte probabilité pour qu'on l'ait envoyée à

Buchenwald. Si elle a suivi un parcours normal, j'aurai vite fait de la retrouver. Si le convoi s'est détourné pour une raison quelconque, ce sera beaucoup plus long. L'extermination conçue par les nazis est un processus industriel. Si vous comprenez comment on monte une voiture dans une chaîne de fabrication, vous maîtrisez la logique du génocide.

Il s'est arrêté un court instant. Il a baissé ses lunettes sur le bout de son nez, libérant un regard durci par sa cohabitation de tous les jours avec l'horreur déguisée en science. Puis il a repris :

— Je vais vous surprendre, Monsieur G. Je vais vous surprendre car je considère que dans l'histoire de l'humanité, sur la durée, le bien finit toujours par l'emporter sur le mal. Même si le mal connaît des périodes de triomphe spectaculaire. À l'exemple de la Bourse. Sur la durée, c'est toujours le meilleur placement. Les Américains l'ont observé sur de longues périodes. Mais il est évident que, si vous vous arrêtez à l'année 1929, c'est une catastrophe. Alors il faut observer l'humanité sur de très nombreuses décennies et se dire qu'elle va vers le bien, même pour ceux qui ont connu la période de 1933 à 1945 comme nous. Et c'est encore plus difficile lorsqu'on a été juif, tzigane, résistant à la même époque de croire à l'avancée de l'humanité. Mais avons-nous le choix ?

Il m'a raccompagné jusqu'au bout du couloir de cet antre du savoir, il m'a serré vigoureusement la main en me promettant des nouvelles pour bientôt et en me demandant de transmettre plein de bonnes choses à son frère.

Durant les semaines qui ont suivi, je me suis surpris à me précipiter sur le téléphone à ses premiers tremblements, à guetter l'arrivée du courrier avec fébrilité. J'étais à la fois inquiet et joyeux dans l'attente de ces informations qui devaient agir sur moi comme une seconde libération et me permettre de repartir du point où j'étais resté.

Il ne se passait plus un mois sans que je rende visite à mon filleul et à sa mère. L'enfant s'était transformé en jeune homme. Il était d'une étonnante gaieté, il avançait dans la vie, volontaire et sûr de lui comme un petit Rastignac qui ne doutait pas un seul instant de son avenir. Il trépignait à l'idée de faire son droit pour devenir avocat. Je l'encourageais dans la voie de la profession libérale, de l'indépendance, pour échapper aux contrariétés des petits chefs de l'entreprise ou de l'administration qui sabordent l'enthousiasme des jeunes par le spectacle de leur médiocrité. Je ressentais une vraie fierté pour ce garçon qui traçait sa voie sans frémir.

Nathan Weinstein m'a appelé un matin de novembre alors que j'ouvrais la porte de mon bureau, place de la Bourse. Avant qu'il ne m'annonce quoi que ce soit, je me suis assis, les jambes molles, je lui ai demandé de ne rien me dire et lui ai proposé de lui rendre visite à Londres le lendemain. Il m'a reçu chaleureusement, s'est assis derrière son bureau, les lunettes sur le bout de son nez :

— Vous avez bien fait de venir, les nouvelles sont bonnes. Une petite satisfaction personnelle avant d'aller plus loin. J'avais mentionné Buchenwald, je ne me suis pas trompé. Un parcours classique, si j'ose dire. C'est le côté agréable des Allemands, on a rarement des surprises. Nous savons également qu'elle était juive. Espagnole. Son vrai nom est Elvira Fez. Une juive espagnole. Maintenant, venons-en aux faits : elle est sortie de Buchenwald à la libération du camp. Après quelques semaines passées en Europe de l'Est, elle s'est embarquée pour Israël où elle est restée jusqu'en 1954. De là, elle est partie s'installer au Maroc où elle vit toujours, à Casablanca précisément. Pour être sincère avec vous, je savais qu'elle était vivante depuis près de deux mois, mais j'ai attendu de pouvoir être en mesure de vous donner son adresse actuelle pour vous contacter. Sans cela vous auriez perdu sa trace en Israël. Grâce à mes réseaux j'ai pu refaire son parcours jusqu'à son terme. Je vous ai préparé une petite enveloppe avec cette adresse et j'y ai même ajouté son numéro de téléphone. Maintenant vous comprenez pourquoi les services secrets israéliens sont si performants.

On ne remercie jamais assez ce genre de personne.

Le Maroc avait l'arôme des jours anciens. Ceux d'une époque où le temps s'égrenait au rythme des prières. En y débarquant pour la première fois, j'ai compris que Mila, femme de l'ombre, l'avait choisi pour sa lumière. Je ne m'étais pas annoncé. Ni lettre ni coup de téléphone. Je m'étais donné un mois de vacances pour serpenter autour d'elle, m'en rapprocher lentement pour me faire croire que partir à sa rencontre n'était pas le but de mon voyage. Je suis descendu doucement par la côte de Tanger à Casablanca. Quand j'ai atteint son port, j'ai hésité à prendre à gauche, en direction du centre. J'ai finalement pris tout droit, vers le sud. Au bout d'une quarantaine de kilomètres, j'ai fait demi-tour et je suis revenu sur Casablanca. Je me suis perdu dans ses grandes avenues bordées de palmiers et de maisons Art déco, blanches jusqu'à l'éblouissement. J'ai demandé plusieurs fois mon chemin à des Arabes au regard noir et lumineux qui trouvaient du plaisir à aider un gros Occidental en sueur. Je me suis arrêté enfin devant une petite maison des années vingt de style andalou, ceinturée d'un petit jardin planté d'un gazon d'un vert à l'image des plantes artificielles. Au lieu de m'avancer vers la grille j'ai continué le long de la rue, en marchant d'un pas décidé comme si rien ne m'attirait vers cet endroit précis. Je sentais que je ne devais pas la revoir sans m'être parlé à moi-même, sans avoir affronté pour une fois la réalité de mon être. Celle d'un homme qui à force de s'être donné l'apparence nonchalante de subir le flot d'événements qu'il n'avait pas choisis, devenait incapable d'influer sur le cours des choses. Dont le dévouement sans faille au progrès de l'humanité quinze ans plus tôt, servait de caution à un naufrage dans un bain de sensualité amère. Pour la première fois de mon existence, je me suis posé la question de mon courage. Je l'ai trouvée bien lourde même si les apparences jouaient pour moi. Il y avait eu dans cette quête quotidienne du plaisir du palais et de l'ivresse, un abandon destructeur propre à ceux qui ne retrouvent jamais une cause aussi prestigieuse que celle qu'ils ont servie à un moment de leur vie. Un geste infatué de dédain pour un quotidien qui ne palpite plus, où l'on finit par ne voir que médiocrité dans le calme retrouvé de ces lendemains de drame.

Je ne pouvais pas me présenter à Mila dans cet état d'esprit résigné de délitement subtil, même si on ne pouvait ravaler en une minute la façade rebutante que mon embonpoint livrait au regard des autres.

Le gardien m'a serré la main avant de plaquer la sienne contre son cœur. J'ai pensé qu'il allait me laisser à la porte, le temps de prévenir Mila. Il n'en a rien fait, me traitant comme un homme providentiel. Après s'être éclipsé un instant, me laissant seul dans l'embrasure, je l'ai vu revenir précédant Mila. La première fois que je l'avais rencontrée, j'avais eu honte de ma crasse. Cette fois c'était de mon poids, de ce manteau de graisse dont je ne savais plus me départir. Pourtant, elle m'a reconnu au premier coup d'œil, sans même plisser les yeux.

— J'ai beaucoup changé ? lui ai-je demandé, penaud.

Elle a souri, complaisante :

— Vous avez toujours le même regard.

— C'est vrai qu'avec le regard on a un ami fidèle. On ne peut pas en dire autant du ventre, ai-je rajouté en baissant les yeux.

Ses traits avaient été soulignés par le temps. Ni tristesse ni gaieté, dans un visage étale enveloppé de cheveux grisonnants. La même allure qui lui faisait voir le monde d'en haut. Je ne sais si elle fut étonnée de me voir, en tout cas elle n'en montra rien. Elle se comporta avec autant de chaleur qu'elle avait pu être distante et froide à l'époque où elle considérait à raison que nous étions une peste l'un pour l'autre. Elle fit beaucoup pour briser cette timidité qui m'encombrait avec elle depuis toujours. Elle nous fit servir une tasse de thé à la menthe sucrée, ma première boisson sans alcool depuis plus de dix ans. Je lui fis le récit de ma recherche en prenant soin de lui dissimuler qu'il s'était agi d'une véritable quête. Je vis dans son regard qu'elle prenait conscience d'à quel point cette sourde attente m'avait empoisonné l'âme. Je perçus qu'elle se sentait une responsabilité, non pour le passé mais pour le futur. Je ressentis une grande confusion à la voir lire dans mes nostalgiques pensées. Pour me sortir de mon trouble, elle évoqua l'intendance. Elle n'imaginait pas que je puisse avoir entrepris un tel voyage pour un ou deux jours. Elle m'offrit l'hospitalité pour une durée indéterminée, me promettant une chambre plus grande et plus confortable que la soupente où elle m'avait installé le jour de notre première rencontre. Elle me parla de profiter l'un de l'autre, de me faire découvrir Casablanca dans cette lumière qui allège l'esprit en l'ouvrant sur l'océan. La ville semblait sortir d'un songe, hébétée devant sa liberté retrouvée. À l'heure où nombre de Français pliaient bagage, elle avait fait confiance à ce pays souriant. Elle semblait avoir raison. L'odeur de soufre s'en était allée l'indépendance acquise. On ne sentait aucune acrimonie envers ceux qui appartenaient à la race des anciens occupants. Le soir tombé, accompagné d'une soudaine fraîcheur de printemps, nous avons regagné sa petite maison ceinturée d'un petit jardin qui sentait la fleur d'oranger. Il faisait trop froid pour rester dehors. Nous avons dîné à l'intérieur dans le salon traditionnel marocain, servis par une jeune femme à la timidité radieuse. Mila n'a jamais su que j'avais un problème d'oreille. Je buvais tellement ses paroles que je n'avais plus besoin de les entendre.

Faute de croire en l'humanité, elle la soignait. Mila avait achevé en Israël ses études de médecine entreprises en Espagne. Elle s'occupait des déments, des débiles. De fous attachants, sans armes ni uniformes. De tous ceux qu'on soigne d'autant plus en dernier que le pays est pauvre. Elle dirigeait une fondation aux moyens rudimentaires, où s'entassaient ceux que le Dieu du Coran avait oubliés dans son infinie soif de perfection. Nous avons parlé tard dans la nuit, en buvant des litres de thé à la menthe. Mila devant moi, l'alcool ne me manquait pas. Nous en sommes naturellement venus à son histoire. Son enfance à Málaga, dans une confortable famille d'avocats où le communisme n'était qu'une construction intellectuelle avant que le nationalisme fasciste ne vienne embraser les consciences. Elle s'était battue jusqu'à la défaite qui l'avait repoussée de l'autre côté des Pyrénées. Elle s'était cachée au Pays basque avant que la gangrène qui envahissait ce côté-là des montagnes ne l'oblige à reprendre du service. C'est là que nos chemins s'étaient croisés. Lorsque est venu le temps d'évoquer son arrestation, puis sa déportation, elle s'est interrompue, le regard pris d'une étrange fixité. Un barrage près de céder sous le poids des larmes. Elle n'a pas parlé des camps, pas plus qu'on ne parle d'un viol. Nous en sommes venus à Israël, à ce formidable espoir d'un pays pour le peuple juif loin de cette négation meurtrière qui habitait l'Europe très chrétienne. Elle y avait repris les armes contre ces Anglais que nous avions servis ensemble. Jusqu'à l'indépendance. Puis les années passant, elle s'était sentie occupante. La bonne conscience du retour à la terre

246

promise suscitée par deux mille ans d'humiliation s'était fissurée devant une colonisation du bon droit incapable d'entendre ceux qui vivaient depuis des siècles sur cette terre prétendue vacante. Elle avait baissé les bras devant cette logique de haine qui finirait bien par s'arrêter un jour. Mais ce jour lui avait paru si éloigné que la force d'attendre que la raison l'emporte sur la peur l'avait quittée. Elle avait laissé le peuple d'Israël s'enfoncer dans une logique étrangère à ce qui l'avait rendu unique et tellement précieux à l'humanité tout entière. Mais elle savait aussi qu'elle ne se sentirait plus jamais bien dans cette Europe où elle était née. Elle avait cette même répulsion qu'on éprouve pour une famille déchirée par la haine et l'inceste où l'on ne retourne que si l'on s'accommode du silence et des non-dits. Elle s'était établie en face de l'Espagne, de l'Andalousie de son enfance, où flottait toujours le drapeau noir de l'ordre franquiste qui avait conduit les siens à la tombe.

Je compris bien vite que j'avais toujours autant de raisons de l'aimer. Je me sentais gêné de l'envahir par cette venue sans annonce qui tendait à se prolonger. Mais elle me souhaitait près d'elle et me le disait. Quand je lui demandais pourquoi, elle me répondait avec un large sourire : « Parce que je n'ai pas de meilleur ami que toi. Je ne crois même pas en avoir d'autre. » Cet attachement n'avait rien à voir avec ces amitiés où chacun s'éprend de l'autre pour ce qu'il lui ressemble. Nous avions le lien du silence. J'avais risqué ma vie à me persuader qu'elle ne parlerait pas. Elle avait risqué la sienne à ne pas parler. Et ça, nous le savions tous les deux. Elle m'avoua qu'elle avait pensé, elle aussi, venir à ma recherche, mais que la poursuite de l'action l'en avait empêchée autant que son aversion définitive pour l'Europe. J'ai eu trop peur d'offenser cette amitié retrouvée, comme elle ne m'avait pas parlé des camps, je n'ai pas osé lui parler d'amour. C'était sans rapport et pourtant ce fut ainsi. J'ai passé ensuite avec elle les plus belles journées de mon existence. Dix jours, deux fois par an, je lui rendais visite. Avant de décider à me trouver une raison d'être plus souvent au Maroc, pour passer plus de temps auprès d'elle. J'en vins à créer une petite unité de teinture à Aïn Seba à un quart d'heure de Casablanca. Ce petit investissement me permit d'être là tous les deux mois, une quinzaine de jours. Elle m'hébergeait. Au fil du temps, je la trouvais de plus en plus souriante, presque heureuse de vivre. Ce qui me comblait. En mars 1964, deux jours après mon retour de Casablanca, alors que je venais de la quitter pleine de vie et de projets, elle s'est éteinte dans son sommeil. Le cœur que j'avais tant voulu entendre battre pour moi s'était arrêté. Je ne saurai jamais si la plus grande preuve d'amour que je lui ai donnée ne fut pas de lui offrir seulement mon amitié.

Le matin de mon accident cérébral, je m'étais rendu à mon agence de voyages prendre deux billets pour New York. Le second était pour la mère de mon filleul. Elle n'avait jamais pris l'avion et je voulais lui faire plaisir. Lorsque je me suis effondré dans la rue, foudroyé par ce petit vaisseau parti à l'aventure, le SAMU est venu me ramasser. Claudine est accourue à l'hôpital une demi-heure plus tard. Ils n'ont pas pu lui remettre ma montre qui avait disparu, mais ils lui ont donné les billets. C'est ainsi que Claudine a pensé que j'avais entretenu une double vie depuis cinquante ans.

Mon filleul me rend visite lorsque ses affaires lui en laissent le temps. C'est un avocat établi. Je ne regrette pas qu'il ait choisi ce métier plutôt qu'un autre. Comme médecin par exemple. La haine de l'autre au nom du droit est un marché plus porteur que celui de la santé, puisque c'est ainsi, je suis content qu'il en profite. Il ne saura jamais que je suis le légitime assassin de son père.

Le siècle s'achève, et moi avec. Je ne sais pas s'il y en eut de pire.

Je ne sais pas non plus si on se souviendra de moi. Je n'ai rien fait pour que ce soit le cas. Mais ça n'empêchera peut-être pas un élu communiste d'une banlieue sombre de récupérer mon nom pour le mettre sur une impasse, sur une école, une piscine ou un jardin public.

DU MÊME AUTEUR

Aux Éditions Gallimard

HEUREUX COMME DIEU EN FRANCE, 2002. Prix Terre de France – La Vie, 2002 (Folio n° 4019).

Aux Éditions J.-Cl. Lattès et *Presses Pocket*

LA CHAMBRE DES OFFICIERS, 1998.
CAMPAGNE ANGLAISE, 2000.

*Composition Bussière
et impression Bussière Camedan Imprimeries
à Saint-Amand (Cher), le 20 mars 2004.
Dépôt légal : mars 2004.
Numéro d'imprimeur : 40113-041064/1.*
ISBN 2-07-031440-5./Imprimé en France.